LA FEMME LAPIDÉE

FREIDOUNE SAHEBJAM

LA FEMME LAPIDÉE

Le Grand Livre du Mois

A Safinaz,

A Caroline et à Cécile,

A Michèle, qui a insisté pour que je rapporte ce récit et qui n'est plus là aujourd'hui pour le lire.

Ne fais pas comme l'hypocrite
qui croit masquer sa ruse
en citant bien haut le Coran.

HAFEZ

1

Dans l'Iran du Sud-Est, à une soixantaine de kilomètres de la ville de Kerman, le village de Koupayeh — dont le nom signifie « au pied de la montagne » — regroupe des maisons de briques aux toits de chaume. Accroché à d'austères montagnes, le bourg n'est pas d'accès facile. Pour y parvenir il faut emprunter l'unique route non goudronnée qui tourne sur elle-même en plusieurs dizaines de lacets poussiéreux et dangereux. Une fois par semaine, à l'occasion du marché, un vieil autocar brinquebalant arrive le matin à Koupayeh. Il transporte quelques voyageurs, des paysans pour la plupart, qui viennent proposer leurs marchandises empilées sur le toit du véhicule et en acheter d'autres qu'ils revendront dans la plaine.

Un torrent glacé et une forêt de hêtres, de bouleaux et d'oliviers bordent le village. Au-delà s'étendent des champs et des prés où paissent quelques vaches et des moutons. Ici naquit Soraya en 1951.

On l'avait appelée Soraya parce qu'elle était née le jour même où le shah avait épousé une princesse qui portait ce prénom. Le pays avait été en fête. Morteza Ramazani, qui s'était marié sur le tard, se montra fier de ce cadeau de Dieu : « Ce sera la plus belle fille du village et je la réserverai au meilleur de nos enfants. Il devra s'en montrer digne ! »

Shokat, sa mère, était une femme pieuse de santé fragile. Mère à treize ans, elle donna le jour à cinq enfants dont deux moururent en bas âge. Un médecin, qui était monté de Kerman et l'avait examinée, avait très fermement dit à Morteza que toute autre naissance pouvait lui être fatale. Alors, Morteza prit une *sigheh* *, comme la loi l'y autorisait, une seconde épouse, qu'il logea sous son toit et qui lui donna quatre enfants. Tous vivaient en harmonie, mais Shokat restait la préférée. La concubine se vit assigner toutes les basses besognes. Elle s'en acquitta de longues années durant, sans jamais

* Les mots en italique font l'objet d'un glossaire en fin d'ouvrage.

se plaindre. Quand la maladie paralysa totalement le corps de Shokat, les deux fils aînés et Soraya s'occupèrent de la maison. Tous trois avaient appris à lire et à écrire pour lire le Coran et les affiches.

L'école du village n'ouvrait pas chaque jour car le maître était également potier et, quand il surveillait la cuisson des poteries, les enfants partaient jouer dans les champs. Un jour, Ghorban-Ali, un garçon de douze ans, voulut construire un cerf-volant. Il avait passé des heures, avec des bouts de bois, des papiers colorés et un peu de colle, à réaliser ce jouet qui ne voulait pas voler. Tantôt le bois était trop lourd, tantôt le papier se déchirait sous l'effet du vent, tantôt encore la colle ne fixait rien ; parfois même, la ficelle cassait. Après bien des efforts, il y parvint : le grand moment était enfin arrivé. Une vingtaine d'enfants de cinq à quinze ans s'étaient rassemblés dans le pré. On retenait son souffle et soudain le cerf-volant prit son envol, lent, majestueux, dans une atmosphère de fête. Un par un, chacun des enfants eut le droit de le manœuvrer.

Vint le tour de Soraya. La gamine avait cinq ans. Timide, elle s'élança dans le pré, le jouet au bout de la longue ficelle. Tandis qu'elle regardait la foule qui l'encourageait, elle buta contre une pierre et tomba. Elle lâcha l'engin qui s'échappa dans les airs puis s'affaissa. Quand Soraya, le genou écorché, se releva avec peine, ses petits camarades avaient disparu...

Elle se réfugia chez elle.

On lui fit un pansement, et bientôt elle ressortit. A peine avait-elle fait dix pas que les enfants essoufflés l'apostrophèrent :

« Viens voir ce que tu as fait... tu es une idiote... dorénavant, tu ne joueras plus jamais avec nous... »

La gamine ne savait comment se défendre.

« Allez, viens, lui cria Ghorban-Ali, regarde où tu l'as fait tomber ! »

Il empoigna la fillette et l'entraîna de force vers le bas du village, tous les enfants à leurs trousses. Le cerf-volant était juché sur la cime d'un hêtre, à une telle hauteur qu'on ne pouvait l'en déloger. La plus grande échelle de Koupayeh ne devait pas dépasser quatre mètres et jamais aucun bâton pour gauler les noix ne serait assez long. Impossible d'essayer de grimper dans l'arbre, ses branches étant beaucoup trop frêles pour soutenir le poids d'un adolescent. Quant à le secouer, son tronc était trop gros pour envisager une seconde de le faire bouger.

« Tu devras nous construire un autre cerf-volant... tant que ce ne sera pas fait, tu ne joueras plus avec nous. »

Ainsi en avait décidé Ghorban-Ali, approuvé par les enfants qui jetèrent du sable et des graviers à Soraya. Elle enfouit sa tête dans ses jupes et attendit. Elle avait du chagrin, mais ne voulait surtout pas pleurer devant ses camarades. Elle réprima un sanglot et ferma les yeux. Puis quand tout fut redevenu silencieux, elle releva la tête et constata que seule sa cousine Massoumeh était restée assise à ses côtés.

« Ne t'en fais pas... je t'aiderai à en refaire un autre. Et tu verras, il sera plus beau encore.

— Je déteste Ghorban-Ali, je le déteste, il est méchant... je ne veux plus jamais le revoir... »

Quand Soraya eut dix ans, elle fut conduite à la ville par ses parents pour être mise en apprentissage chez l'*arbab*, le propriétaire foncier, afin de parfaire son éducation.

Les enfants étaient nourris et logés chez leurs patrons, mais ils n'étaient pas payés, dormant peu et travaillant plus de quinze heures par jour, sans parler des nuits où on les réveillait pour un rien.

La fillette n'aimait pas l'arbab, ce gros homme sale et arrogant qui souvent la frappait. Mais que pouvait-elle faire devant un personnage aussi puissant et qui avait toujours un fusil dans sa voiture ? Elle baissait la tête, s'excusait puis baisait la main du maître. Trois ans durant, la gamine dut subir toutes les humiliations et toutes les vexations d'un homme coléreux et supporter ses assauts dès que sa femme était absente. C'était à chaque fois la même chose. Il faisait venir la fillette dans sa chambre, la déshabillait lentement, lui disait des paroles qu'elle ne comprenait pas et, quand elle était nue devant lui, il embrassait sa poitrine naissante et se masturbait. L'enfant ne comprenait rien, ne ressentait rien et ne disait rien. En guise de remerciements, il lui offrait quelques pistaches ou des dattes, et dès l'aube elle était à son travail.

Durant ces trois années elle ne vit pas ses parents, mais parfois l'un de ses frères venait lui rendre visite. On l'autorisait à passer un quart d'heure avec lui dans le jardin.

Soraya devait absolument rester vierge jusqu'à son mariage, et le gros homme le savait, sinon le scandale aurait été si grand que l'arbab aurait dû dédommager le père de la gamine. Or à cette époque, bien avant la révolution, les autorités étaient intransigeantes sur les débauches sexuelles.

Les deux fils du propriétaire se moquaient de Soraya, lui pinçaient la poitrine, lui passaient la main sur les fesses, mais n'allaient pas au-delà, car ils savaient qu'elle appartenait à leur père. L'un d'eux reçut un jour une gifle magistrale pour avoir porté la main sur la fillette alors que le père entrait dans la chambre. Terrorisée, Soraya s'enfuit et se terra dans la cave.

Une semaine plus tard elle regagnait Koupayeh définitivement.

Soraya était presque une jeune femme quand elle revint à Koupayeh : elle avait treize ans et on décida de la donner en mariage à Ghorban-Ali qui en avait vingt, en échange de quelques pièces de bétail, d'un lopin de terre et de plusieurs tapis.

Quand Ghorban-Ali revit Soraya, il ne la reconnut pas. Il ressentit alors sa première émotion d'homme. Il n'avait jamais eu la moindre expérience avec une femme. D'abord parce qu'il n'y en avait pas de disponible dans le bourg, ensuite parce qu'il n'avait jamais été à la ville, enfin parce qu'il n'avait jamais eu un sou vaillant en poche pour aller au bordel de Kerman. Certes, des filles, il n'en manquait pas au village, mais elles étaient encore trop jeunes, ou elles n'avaient pas de dot, ou encore, il les trouvait trop laides.

A chaque arrivée du gros homme, la communauté entière était rassemblée sur la place pour souhaiter la bienvenue au maître qui possédait toutes les maisons, tous les champs et les prés et surtout l'eau de la rivière, et qui louait ses terres aux fermiers. Les habitants venaient lui embrasser les mains ou les pieds en signe d'allégeance et imploraient le Tout-Puissant pour que l'arbab et sa famille soient protégés des maladies, des colères divines ou du malheur. Et chacun portait une valise, un paquet, un *samovar*, ou des provisions, à la grande maison sise un peu à l'écart. Ce soir-là, d'autres enfants lui furent présentés.

Le mariage de Soraya avec Ghorban-Ali eut lieu peu de temps après son retour de Kerman, à l'automne 1964. A cette occasion un *mollah* monta de la grande ville ainsi qu'une troupe de musiciens ambulants.

Les villageois avaient revêtu leurs plus beaux

atours, les hommes s'étaient rasés de près, les femmes s'étaient parées de bijoux brillants et un grand feu avait été allumé à la fin du jour sur la place où le mollah présidait à la cérémonie. L'arbab et sa famille furent confortablement installés sur une profusion de tapis et de coussins. Dès la tombée de la nuit, la fête commença.

Soraya se tenait à l'écart, entourée des femmes du village. La plus active fut sans aucun doute sa tante Zahra, qui voulait que le cérémonial fût parfait ; elle avait maquillé la jeune enfant avec des trésors d'ingéniosité : elle lui avait épilé les sourcils, mis du rouge sur les lèvres et les joues, un peu de henné dans les cheveux, sur les cils du mascara et du khôl autour des yeux et avait ceint son front d'un pendentif or et turquoise ; puis avait posé du vernis sur ses ongles et lui avait offert son plus beau *tchador* tissé de fils de soie et d'argent « car je veux que tu sois la plus jolie mariée que le village ait jamais eue ».

Comme le veut la tradition, elle recouvrit d'un voile le visage de la jeune épousée qui le garda pendant toute la cérémonie, afin que personne ne la vît avant que le mariage ne fût consommé.

Pendant ce temps-là, la fête battait son plein. On avait tué trois moutons et les trois bêtes, embrochées et huilées, tournaient lentement au-dessus du feu qui envoyait dans le ciel noir des milliers d'étincelles. Les musiciens donnaient leur aubade et les hommes, les uns après les autres, dansaient et tournaient. Les femmes, tenues à l'écart, frappaient dans leurs mains joyeusement. L'arbab était servi dans sa vaisselle, mais pour se conformer à la tradition des villageois, il mangea le mouton et le riz avec ses mains. Chants et danses durèrent fort longtemps dans la nuit. Aux premières lueurs de l'aube, le feu s'éteignit et tout le monde alla se coucher. Pour la dernière fois, les deux promis restèrent dans la maison de leurs parents. Le lendemain, un mollah unit le jeune couple dans la mairie du *kadkhoda.*

Par trois fois, le religieux demanda au jeune homme s'il voulait prendre Soraya pour épouse. Aux deux premières demandes, il ne répondit rien. A la troisième, il dit oui. La même question fut posée trois fois à la jeune fille. Elle acquiesça à la troisième.

Ils baisèrent le Coran qu'on leur présenta, ils apposèrent leurs noms sur un registre, le mollah lut l'acte de mariage. En fait, Soraya seule apportait une dot, pour sa part l'arbab avait tenu à offrir à son ancienne domestique un beau samovar, un tapis, une lampe à pétrole, un matelas et un peu d'argent.

Quant à Ghorban-Ali, en dehors d'un collier que lui remit sa mère, un *korsi* pour les longues soirées d'hiver et un vieux tapis élimé, il s'engageait surtout à travailler et à entretenir sa femme et sa future famille.

Le soir, sous la haute autorité de Zahra Khanoum, les femmes entreprirent la toilette de la mariée. Elle fut lavée, totalement épilée et parfumée. Quand son mari fut enfin seul avec elle, il ne lui dit rien. Il éteignit l'unique lampe de la maison, se jeta sur elle et la pénétra de force. Dix mois plus tard naquit Hossein-Ali, suivi d'un enfant mort-né et deux ans plus tard de Hassan-Ali. Puis vinrent au monde deux filles, Maryam et Leila, puis un autre enfant mort-né, puis d'autres enfants. En quatorze années, Soraya avait mis au monde, vivants ou morts, neuf enfants. Son dernier bébé, la petite Khojasteh, naquit l'année où la révolution éclata.

Ghorban-Ali, comme son père, était d'un naturel paresseux mais toujours à l'affût de bons coups et de menus profits. Tout ce qui était en marge de la légalité l'intéressait. Un peu braconnier, un peu chapardeur, c'est la révolution islamique et les changements qu'elle provoqua dans son village qui lui permirent de se donner un rôle important.

Une fois par mois, il descendait en autocar à la ville pour ses affaires. Quelles affaires ? Soraya ne le sut jamais vraiment, mais à chaque fois qu'il revenait, il avait quelques centaines de *rials* en poche qui servaient à acheter le strict nécessaire pour nourrir sa famille.

Peu à peu Ghorban-Ali délaissa sa femme. Le bruit courut dans le village qu'il avait une liaison en ville avec une femme divorcée, dont le frère était en rapport constant avec des contrebandiers de Zahédan. On parlait de pierres précieuses, de cigarettes américaines, d'alcool et peut-être même de drogue. Des gendarmes étaient venus de Kerman pour questionner le maire, puis Ghorban-Ali, mais ils étaient repartis bredouilles. Un homme avait été tué dans la vallée, au cours d'une rixe, et le mari de Soraya s'était trouvé sur les lieux. On lui signifia de ne plus se montrer en ville ; dès lors, il devint taciturne, plus violent, levant la main constamment sur sa femme et sur ses enfants. Une fois, Soraya revint le visage en sang chez sa mère, portant sa dernière-née dans les bras. Elle refusa pendant une semaine de regagner le domicile conjugal. Ce fut Zahra qui alla faire la cuisine et le ménage chez le mari coléreux jusqu'à ce que ce dernier vînt se repentir auprès de son beau-père.

Les années avaient passé et Soraya s'était fanée. Elle paraissait plus que ses vingt-huit ans quand le régime chuta et que la république fut instaurée. Immédiatement tous les portraits du shah et de la shahbanou disparurent. Ils furent remplacés par d'austères personnages barbus et enturbannés.

Rien ne changea dans le village, sinon qu'on apprit que le pays autorisait à nouveau les hommes à avoir plusieurs femmes. Aussitôt, Ghorban-Ali rejeta sa femme et ne la toucha même plus. Elle ne s'en plaignait pas. Il faisait de rares apparitions chez lui, s'esquivant parfois trois ou quatre jours dans la vallée. Soraya, de plus en plus effacée, devint aussi discrète qu'une ombre, comme si elle avait honte de ne pas avoir su retenir son mari.

« Je veux mourir, dit-elle un soir à sa mère... je veux mourir, maman, je n'en peux plus... il me bat, il m'insulte, il frappe les petits... »

Silencieuse, Shokat Khanoum ne savait que dire à sa fille, car la tradition du village ne tolérait pas que les parents interviennent dans les affaires de famille de leur gendre.

Depuis peu, les hommes jouissaient d'une autorité absolue et eux seuls prenaient les décisions.

Et puis, jasait-on, si Ghorban-Ali rôdait si souvent en ville au lieu de rester chez lui, auprès des siens, c'était parce que Soraya était une mauvaise épouse.

Soraya éprouvait de la honte quand elle traversait la place du village. On ne la saluait plus, on lui parlait peu et on évitait même de croiser son chemin. Que lui reprochait-on, qu'avait-elle fait ? Seulement de n'avoir pas su garder son mari comme les autres femmes de Koupayeh, avoir baissé la tête au lieu de la redresser, avoir été incapable de régler ses problèmes sans toujours faire appel à ses parents, avoir un fils aîné chapardeur et menteur, qui semait le trouble au village, bref, être une mauvaise épouse et une mère indigne.

Seules quelques amies lui manifestaient une sympathie discrète, mais ne la recevaient pas.

Soraya s'enferma dans un mutisme total, ne communiquant qu'avec sa dernière-née et

Zahra, pleurant en silence et se taisant sous les coups que lui assenaient son mari et son fils aîné.

Quand sa mère mourut, elle resta cloîtree chez elle, refusant de préparer le moindre repas pendant une semaine. Elle reprit ses activités le septième jour, lorsque son père vint lui rendre visite et lui offrıt le collier de sa mère.

Soraya baisa le bijou, puis les mains de son père et, l'accompagnant sur le seuil de sa maison, elle lui glissa :

« N'oublie pas, papa, je t'aime... »

Puis elle referma la porte derrière lui.

Un jour que tous les villageois avaient quitté Koupayeh pour commémorer comme la tradition le voulait le *sizda bédar*, loin de leurs maisons, afin qu'un esprit purificateur lavât les murs des souillures de l'année écoulée, Soraya, qui était restée chez elle, entendit une portière claquer. Surprise, elle alla à la fenêtre : Ghorban-Ali venait de descendre de la voiture américaine de l'arbab en compagnie d'une femme. Le couple se dirigeait vers la maison. Elle courut se cacher. Elle entendit la porte s'ouvrir, puis se refermer doucement. Des murmures lui parvinrent, à peine audibles. Le couple riait et les propos semblaient joyeux. Puis il y eut un grand silence dont elle comprit la signification. La honte lui monta au visage. Comment était-ce possible, chez elle, sur sa couche, amener une femme inconnue, une putain que l'on devait louer pour plusieurs centaines de rials, alors qu'elle avait tout juste de quoi payer la nourriture de ses enfants ?

Une demi-heure plus tard, la voiture repartait vers la plaine. Quand Soraya ressortit de son réduit, une odeur de poudre et de parfum empestait la maison. Tandis qu'elle remettait un peu d'ordre, Zahra Khanoum entra. Les deux femmes se dévisagèrent un instant, puis la vieille femme dit simplement :

« J'ai tout vu... je suis restée chez moi aujourd'hui... Ne dis rien... Je suis là ! »

Et la silhouette noire disparut aussi rapidement qu'elle était arrivée.

Soraya savait que Ghorban-Ali fréquentait de temps en temps des prostituées à Kerman. Souvent, quand il revenait de la ville, des parfums inconnus imprégnaient ses vêtements. Mais jamais encore il n'avait amené une créature dans leur maison, jamais encore une étrangère ne s'était couchée dans leur lit.

Soraya savait aussi qu'il avait des activités

louches hors du village, car depuis quelque temps il semblait jouir d'une certaine aisance. Elle savait que l'arbab avait été arrêté. Or comment se faisait-il que son mari fût au volant de sa voiture ? Où donc avait-il appris à conduire ? Avec qui ?

Soraya avait coupé toute relation avec l'extérieur, mais laissait venir chez elle son père, Zahra Khanoum, sa confidente, et le kadkhoda.

Quand Ghorban-Ali, de retour de la ville, faisait régner la terreur chez lui, et qu'il rouait de coups tout ce qui passait à portée de sa main, on n'entendait plus Soraya hurler. Elle subissait en silence, pleurait sans bruit, se cachait jusqu'à ce que l'orage prît fin.

Seuls ses plus jeunes enfants criaient sous la douleur. Elle s'aperçut que son mari et le mollah du village avaient de longs tête-à-tête, comme si une étrange complicité les unissait désormais. A l'évidence, Ghorban-Ali était fasciné par la culture, l'aisance et l'autorité du religieux. Il enviait son élégance et l'habileté avec laquelle Cheikh Hassan s'était imposé dans le village. Les tentatives de Ghorban-Ali pour ressembler un tant soit peu au mollah étaient risibles. Il continuait à parler comme un rustre, portait les mêmes vêtements négligés et laissait sa barbe drue. Il fréquentait peu le *hammam* et empestait malgré les eaux de Cologne bon marché dont il s'aspergeait. Cheikh Hassan, de son côté, avait compris que Ghorban-Ali pouvait lui rendre de nombreux services et faisait des efforts pour se mettre à sa portée. Il adoptait avec lui un autre langage, cherchant un vocabulaire plus simple, des mots plus populaires, et Soraya prit l'habitude de voir les deux hommes se donner de grandes tapes dans le dos, rire à haute voix et s'échanger des billets ou des enveloppes.

A l'égard de Soraya, le mollah se montrait d'une courtoisie appuyée. Elle détestait les regards lourds qu'il portait sur elle et écourtait toutes les tentatives de conversation qu'il entreprenait. Cependant un jour qu'elle était chez elle, seule, le cheikh entra, demanda à s'asseoir et lui parla :

« Soraya Khanoum, je viens vous voir de la part de Ghorban-Ali... »

Elle s'en doutait et attendait cette entrevue depuis un certain temps. Hassan avait sorti son moulin à prières de sa poche et, ayant installé son Coran sur la table basse, il poursuivit :

« Votre mari est venu se plaindre à moi que vous ne lui adressiez plus la parole, que vous le négligiez, que, en quelque sorte, vous l'abandonniez... »

Soraya le regarda, immobile, sans baisser les yeux.

« Il est votre mari... il a tous les droits... vous le savez bien, tous les droits. Vous ne devez rien lui refuser. C'est un bon époux travailleur qui vous ramène de l'argent et aime ses enfants. »

La jeune femme avait envie de sourire, mais se retint, elle ne put réprimer un léger rictus qu'elle dissimula derrière un pan de son voile.

« Ghorban-Ali voudrait en arriver à un arrangement avec vous. Nous en avons longuement parlé et je pense que sa proposition est honnête. Voilà... »

Cheikh Hassan se racla la gorge, ajusta ses lunettes sur son nez, passa furtivement la main dans sa barbe et poursuivit :

« Il voudrait divorcer car il connaît une autre femme en ville avec laquelle il veut se marier. Mais il n'a pas les moyens d'entretenir deux épouses. Alors il vous laisse la maison, les enfants, les meubles et le petit champ que vous pourriez cultiver pour vous-même, mais il ne vous versera plus un rial. »

Hassan releva les yeux vers Soraya et attendit sa réponse.

Il enchaîna :

« Tout cela me paraît juste. Vous vous séparerez, je rédigerai l'acte et vous ne vous devrez plus rien. Il vous laisse tout, c'est généreux vous ne trouvez pas ? »

La femme voilée ne répondait toujours pas :

« Soraya Khanoum, nous sommes entre nous, je suis un homme de Dieu, je suis comme le Prophète, vous pouvez me parler à moi. Qu'avez-vous à dire ? »

Hassan, quelque peu embarrassé, reprit :

« J'ai également quelque chose à vous proposer... Ça vient de moi. Ghorban-Ali n'a rien à y voir... Voilà, comment vous le dire... »

L'homme, de plus en plus gêné, transpirait abondamment et fit craquer ses doigts entre lesquels il agitait son *tasbi*.

« Voilà... enfin, je serais heureux de subvenir à vos besoins et à ceux de vos charmants enfants... vous le méritez tellement... en tout bien, tout honneur naturellement ! Je viendrais vous voir de temps en temps, nous parlerions, nous apprendrions à mieux nous connaître... »

Le mollah s'agitait de plus en plus sur sa chaise. Soraya était debout devant lui, figée.

A cet instant précis Zahra apparut. Elle se tenait dans la pièce à côté et Hassan ne l'avait pas vue. Elle avança devant le cheikh qui se redressa d'un bond :

« Monsieur Hassan Lajevardı ou qui que vous soyez, sortez de cette maison avant que je ne rameute toute la ville... ayez honte de vous et que la colère de Dieu vous tombe dessus ! Créature du Diable, que le croque-mort vous emporte, vous et les vôtres et jusqu'à la troisième génération... Monstre ! »

Après un léger trouble, Hassan se reprit :

« Mais, Zahra Khanoum, vous ne m'avez pas compris... ne vous méprenez pas... je respecte infiniment Soraya Khanoum... qu'allez-vous imaginer ?

— Je m'imagine que vous êtes un ignoble individu et que vos vêtements et votre turban devraient vous rendre un peu plus digne. Vous souillez et vous déshonorez le Saint Livre que vous porterez... Sortez d'ici maintenant, et n'y revenez plus jamais ! »

Depuis ce jour, Hassan avait décidé qu'il se vengerait de la fille de Morteza Ramazani. Mais il savait qu'il aurait fort à faire tant que Zahra serait aux côtés de la jeune femme.

2

C'est après la révolution, tandis que les échos du bouleversement profond qu'elle avait engendré parvenaient avec retard à Koupayeh, que Ghorban-Ali, commençant à délaisser sa femme, devint l'ami du chauffeur de l'autocar qui montait une fois par semaine. Ce Nasrollah lui racontait ce qui se passait dans la vallée, lui parlait de la grande ville, de ses magasins, des cafés, de ses copains, des femmes faciles qu'on y rencontrait, de l'argent qu'on pouvait y gagner.

Fasciné, Ghorban-Ali décida un jour de suivre Nasrollah. D'abord, il descendit à la ville une fois par mois, remontant avec le car suivant. Puis ce fut tous les quinze jours, profitant des allées et venues de l'engin poussif qui transportait quelques rares passagers, de la volaille, parfois un mouton, des primeurs et des colis. A Kerman, Ghorban-Ali dormait, soit chez Nasrollah, soit à la gare des bus, soit encore au fond d'un café où il se rendait utile et servait le thé et le *sharbat.*

Il découvrit dans les rues de la ville et dans ses cafés un univers grisant. Il rendait des services aux uns et aux autres en portant messages, enveloppes et colis, souriant et se courbant devant ceux qu'il jugeait importants. Mais ses allures paysannes ne l'autorisaient guère à se mêler aux hommes auxquels il voulait ressembler.

Peu à peu son dévouement et sa spontanéité le rendirent sympathique ; il se métamorphosa. Il usait de mots qui n'avaient pas cours dans les montagnes et que seuls les gens des villes connaissaient. Il parlait de chèques bancaires, d'emprunts, de placements. Bref, il racontait partout qu'il faisait des affaires. Cependant personne ne savait exactement de quoi il s'occupait.

Soraya ne disait rien. Il eut plusieurs fois affaire à la police et à la gendarmerie car les plis et les paquets qu'il transportait contenaient « des choses interdites ». Machdi Ebrahim, le kadkhoda, n'en dit pas plus, mais le bourg comprit vite que le mari de Soraya était devenu un petit trafiquant et que, parmi les services qu'il rendait, il était question de recel et de contrebande.

Soraya ne lui posait aucune question et n'attendait même pas qu'il parlât de ses activités.

Une fois encore, les gendarmes montèrent au village à bord d'une jeep. Ils étaient trois, un sergent et deux soldats. Ils parlèrent longtemps avec le maire, puis questionnèrent Ghorban-Ali et son père, et repartirent. On ne sut jamais ce qu'ils s'étaient dit, mais Soraya, elle, avait compris qu'il s'agissait des fréquentations de Ghorban-Ali en ville.

Après cet affront public, Ghorban-Ali devint plus dur et plus violent avec les siens. A la moindre contrariété, il frappait sa femme ou l'enfant qu'elle avait dans les bras. De nouveau, les gendarmes lui interdirent de quitter Koupayeh : « Si on te retrouve en ville, tu dormiras en prison. »

Il se mit à nouveau à traîner dans les rues du village, s'occupant chez les uns et chez les autres, errant dans les collines avec ses anciens compagnons qu'il avait délaissés depuis des mois et attendant l'occasion de retourner à la ville. Il y avait pris goût, il s'y sentait bien, alors qu'il étouffait dans les limites restreintes de ce petit bourg où rien jamais n'arrivait.

A Kerman, il avait appris beaucoup de choses en peu de temps. Aller au café, s'asseoir pendant des heures sur un trottoir et regarder les voitures et les gens le fascinait. Des centaines, des milliers de personnes passaient devant lui qu'il ne connaissait pas, qui le bousculaient, allaient à leurs affaires ; et lui, il attendait qu'on l'appelle pour effectuer quelque besogne plus ou moins louche. Il était disponible, les gens savaient où le trouver.

Plus il évoquait devant ses amis du village ses souvenirs de citadin, et plus il brûlait d'envie d'y retourner. Il raconta même qu'un jour, en récompense d'un service rendu, on lui avait payé une prostituée. Il expliqua comment, au fond d'une petite rue calme, il avait été conduit dans une maison où se trouvaient plusieurs jeunes prostituées qui attendaient des hommes. On lui en choisit une et il lui fit l'amour brutalement, sans dire un mot à cette femme dont il ne sut jamais le nom. Il se jura d'y retourner.

A la suite de la révolution, il y avait eu des morts, beaucoup de morts à Kerman et dans toute la province. Règlements de comptes, rivalités locales, exécutions rapides, trahisons, désertions, épuration.

Ce ne fut qu'à l'automne, huit bons mois après l'installation de l'imam à Téhéran, que Ghorban-Ali décida de redescendre à Kerman. Il se fit déposer à l'entrée de la ville, plutôt que sur l'immense place devant la mosquée du Vendredi, préférant se montrer discret.

« Ghorban-Ali !... Ghorban-Ali ! »

Il sursauta, regarda de l'autre côté de la chaussée, et reconnut un de ses anciens compagnons de beuverie, dont il avait oublié le nom.

« Viens, viens ici ! »

Ghorban-Ali hésita un court instant, puis traversa la rue. Les deux hommes se saluèrent, échangèrent quelques banalités et le citadin dit :

« Regarde, cette boutique est à moi, à moi tout seul... Avant, j'y travaillais pour un salaud de partisan du shah qui possédait plusieurs magasins en ville. Mais j'ai participé à la révolution et j'ai été récompensé par l'imam. Je suis mon propre patron et je vends des fruits, des légumes, des boissons et des bonbons. »

Ghorban-Ali était émerveillé.

« Allez, viens, ne reste pas là. Je t'offre une tasse de thé et on va parler affaires. Je suis certain qu'un garçon comme toi peut gagner beaucoup d'argent. »

Ghorban-Ali passa trois jours et trois nuits chez Mansour, l'aidant à s'approvisionner, à vendre, à crier les prix, et à tout ranger le soir venu.

« Dis donc, tu n'aurais pas envie de travailler pour l'imam ?

— Moi, je veux bien, mais je ne connais personne par ici...

— Ne t'en fais pas, moi je connais tout le monde. Mes amis et moi allons t'aider. »

Ghorban-Ali fut présenté à un voisin, qui l'introduisit auprès de l'assistant du nouveau chef du commissariat du quartier et, ainsi, il se retrouva du jour au lendemain garde-chiourme à la prison locale, avec un salaire fixe. Il croyait rêver.

Grande fut sa surprise en apprenant que l'arbab, arrêté quelques semaines auparavant, était incarcéré dans « sa » prison !

Au fond de sa cellule, l'homme était méconnaissable et pour sa liberté, il était prêt à tous les sacrifices. Plus Ghorban-Ali exigeait, et plus le gros homme aux abois était disposé à donner.

Restait un problème, cependant : comment

tout obtenir ? Le propriétaire était en prison, ses biens étaient ailleurs.

Il s'en ouvrit à Mansour. Ce dernier se montra prudent.

« Ne nous pressons pas, plus nous irons vite, plus nous nous ferons remarquer. Sois patient. »

Or, la patience n'était pas la première des qualités du mari de Soraya. Il avait toujours tout voulu tout de suite.

« Ton arbab n'est pas un type important, il n'a rien fait de grave. Il y en a d'autres ici qui seront jugés avant lui, ceux qui ont volé des millions, affamé le peuple, escroqué la moitié de la ville. Nous en avons des dizaines ici et dans deux autres prisons du peuple. Ton bonhomme est peut-être intéressant pour toi et les tiens, mais pas pour la ville. Laissons-le mijoter le temps qu'il faudra. Il sera plus souple dans quelques mois. »

Mansour avait raison. Les procès et les exécutions se succédaient, et le nom de l'arbab ne figurait encore sur aucune liste. Au fil des semaines, l'homme maigrissait et perdait de sa superbe. Il savait que Ghorban-Ali était son protecteur et son garant, mais il savait également qu'à tout instant, il pouvait être tiré de son cachot et présenté à ses juges.

Des mois plus tard son nom apparut pour la première fois sur une liste de personnes suspectes et passibles d'une condamnation. Mansour et son ami parvinrent pendant un certain temps à égarer la feuille où figurait son nom. Une autre fois, ils l'effacèrent purement et simplement. Mais il fallait faire vite, d'autant plus que depuis quelques semaines, un étrange personnage semblait avoir ses entrées au tribunal, à la prison et aux comités.

Il disait venir de Téhéran, avoir connu l'imam et être en mission. Tout le monde l'appelait Monsieur Lajevardi et il se flattait d'un lien de parenté avec un des plus hauts dignitaires du régime. Bref, il intriguait et on se méfiait de lui. Il fallut mille ruses, autant de courbettes et de flatteries pour finalement s'en faire, non pas un ami, mais un complice. Lajevardi était lié à un commissaire de police du quartier, qui lui-même avait un cousin membre du tribunal d'exception. Tout ce beau monde avait les clefs, les papiers à en-tête et les tampons nécessaires à établir de faux actes. Ce fut un jeu d'enfant de légaliser très officiellement les donations que l'arbab faisait à ses geôliers et à Ghorban-Ali notamment.

Quand le jour du procès arriva, le propriétaire parut devant ses juges l'âme tranquille. Il avait reconnu ses bienfaiteurs dans la salle. Mais lorsqu'il entendit la sentence : « Au nom de Dieu, nous vous condamnons à être pendu avant la fin du jour... », il s'évanouit.

La fortune de feu l'arbab fut partagée entre les acolytes, et Ghorban-Ali en reçut la part la plus modeste : la maison qu'il habitait, celle de ses parents, un lopin de terre, l'accès gratuit à l'eau de la rivière, dix mille rials en liquide et la voiture. Désormais, il avait le sentiment d'être devenu quelqu'un. On le saluait, on lui offrait tasses de thé et grappes de fruits quand il marchait dans les rues de Kerman, on recherchait sa compagnie. D'autres, en revanche, le fuyaient. Travailler à la prison pour un salaire honorable, y dormir et y manger ne le gênait pas, mais en indisposait certains. Il pouvait aider quelques personnes, mais il pouvait aussi, au gré de ses humeurs, incarcérer qui il voulait.

Il poursuivait ses petits trafics, en faisant profiter ses supérieurs, ou parfois même les escroquant. Il apprit à conduire une voiture, il était attendu au bordel gracieusement, bref dans le quartier de la mosquée du Vendredi, on le connaissait bien.

Et c'était naturellement en seigneur qu'il remontait à Koupayeh raconter ses exploits et parler de ses affaires. Désormais, chaque habitant était devenu propriétaire de sa maison, les terres avoisinantes appartenaient à la collectivité et l'eau était gratuite.

Là-haut, Ghorban-Ali disait qu'il était le directeur de la prison. En fait, il possédait les clefs de toutes les cellules et des différents bureaux. Il était même capable, connaissant bien les sceaux et les papiers officiels, de faire libérer clandestinement des prisonniers contre espèces sonnantes et trébuchantes.

Tout le monde dans la cité avait un proche derrière les barreaux et, un jour ou l'autre, on avait recours à ses services. Ghorban-Ali s'était ouvert un compte en banque qui avait rapidement grossi. Il avait loué un gros coffre dans lequel s'entassaient : trousseaux de clefs remis par les détenus, papiers bancaires, actes de propriété, assurances, valeurs, bijoux, etc.

Et puis, Ghorban-Ali tomba amoureux.

Pour la première fois de sa vie, il aimait une femme. Et pas n'importe quelle femme. Ni une paysanne ni une commerçante et encore moins la plus jeune des filles du bordel qui avait ses faveurs.

Celle qu'il aimait, il l'avait remarquée quand elle venait à la prison rendre visite à son père. Elle était belle sous son tchador, avec son visage très pâle, ses yeux verts et ses lèvres fines. Elle lui plut immédiatement. Mais comment lui parler ? Quel âge pouvait-elle avoir ? Quatorze, quinze, peut-être plus. Deux fois par semaine, elle faisait la queue pendant de longues heures au soleil devant la porte centrale de l'établissement avec d'autres femmes et filles de prisonniers.

Il fit une rapide enquête et apprit que son père était médecin, qu'il s'était fait naguère une bonne clientèle parmi les gens aisés de la ville, et qu'il ne cachait pas ses sentiments monarchistes. Parce qu'il était un notable très en vue, les autorités révolutionnaires l'avaient laissé tranquille un certain temps, car on avait eu besoin de ses compétences.

Mais un jour l'ordre était venu de la capitale de l'arrêter. Ce fut ainsi que Ghorban-Ali fit la connaissance de Mehri.

Il pensait à elle tous les soirs avant de se coucher ou en allant voir les filles dans la maison close de l'avenue Darvazeh Zahédan. Il l'imaginait dans ses bras, la caressant, lui parlant, respirant son parfum. Et puis, se disait-il, avec une telle épouse, on me donnera certainement des fonctions plus importantes à la prison, peut-être même la place du directeur ?

Désormais il ne comprenait pas comment il avait pu passer tant d'années à Koupayeh. Il avait même honte de dire à ses collègues de travail que son père était berger. Il préféra raconter qu'il était boutiquier et possédait un troupeau. C'était vrai, car depuis la mort de l'arbab, tout le monde s'était partagé ses biens et son père, Lotfollah, avait hérité d'une échoppe et de quelques brebis.

Enfin, Ghorban-Ali ne supportait plus Soraya, il ne voulait plus vivre avec cette femme silencieuse, résignée, vieillie avant l'âge et à laquelle il ne pouvait faire aucun reproche.

Il avait tenté de l'humilier en parlant de ses exploits citadins à ses amis d'enfance, de la rendre jalouse en disant qu'il conduisait des voitures et de la harceler en décrivant les jeunes femmes de la ville qui étaient belles, s'habillaient de manière élégante et se parfumaient à la rose. Mais Soraya ne disait rien et semblait ne rien entendre. Un soir, il ajouta :

« Il n'est pas impossible que je me marie à nouveau et que j'aie d'autres enfants... Je veux qu'ils aillent à l'école, dans le meilleur établissement... J'en connais un à Kerman... »

Toujours aucune réaction de la jeune femme qui reprisait des chaussettes à la lumière d'une bougie. Hossein-Ali, le fils aîné, questionna :

« Elle est comment cette femme, père, raconte-nous ? »

Ghorban-Ali regarda sa femme, toujours courbée sur son ouvrage, et poursuivit, tirant sur sa pipe à eau :

« Elle est jeune, elle est belle comme une miniature, elle est cultivée, son père est médecin. Nous nous plaisons.

— Vous vous êtes déjà parlé ?

— Souvent... à chaque fois qu'elle vient à la prison. Je ne la fais pas attendre, la file d'attente est trop longue... Elle m'en sait gré... »

Il mentait, car il ne lui avait encore jamais adressé la parole, mais que n'aurait-il pas fait pour provoquer Soraya. Il tentait tout pour l'obliger à faire un faux pas

Il montait au village en voiture, une femme de la ville à ses côtés, qu'il avait choisie au bordel et affublée de lunettes de soleil. Pour se faire remarquer, il faisait trois fois le tour de la place, s'arrêtait devant la fontaine, saluait quelques connaissances et repartait dans un grand nuage de poussière. Personne ne fit jamais un commentaire, les habitants avaient trop peur que Ghorban-Ali eût des relations politiques dans la vallée qui puissent nuire un jour à la communauté. On continuait à penser qu'il était un bon à rien et on s'en méfiait comme de la peste.

Seul Cheikh Hassan, qui avait débarqué depuis peu dans le bourg, craignait ce garde-chiourme imprévisible qui, à tout instant, aurait pu l'inquiéter. Beaucoup de personnes disparaissaient en ces temps incertains et le mollah avait dû fuir rapidement Kerman dans des conditions encore mal élucidées, après un rendez-vous avec un juge islamique qui n'avait jamais été retrouvé depuis.

Mieux valait donc être en bons termes avec Ghorban-Ali...

Un hiver, Firouzeh, l'amie d'enfance de Soraya, mourut d'une pneumonie. Elle laissait deux enfants et un mari, Hashem, garçon sérieux et travailleur, forgeron de son état et cousin de Ghorban-Ali. Hashem, comme son père, réparait tout à Koupayeh : charrues, bicyclettes, pioches, ustensiles de cuisine, poulies du puits, samovars...

Depuis la mort de son amie et devant le désarroi du veuf, Soraya décida de lui venir en aide. Firouzeh tenait très bien sa maison ; tout y était propre et soigneusement rangé. Mais le jeune père, qui avait perdu très tôt sa mère et n'avait pas de sœur, était incapable de faire la cuisine, les courses et de s'occuper de ses enfants.

Soraya était disponible. Il fut donc convenu qu'elle irait chez Hashem deux fois par jour pour l'aider dans ses travaux ménagers.

C'était l'occasion qu'attendait Ghorban-Ali pour se débarrasser d'elle. Avec patience, chaque fois qu'il remontait au village, il la suivait, l'épiait, la traquait afin de la faire tomber dans le piège qu'il lui tendait.

La jeune femme, sans se rendre compte un seul instant que ses jours étaient désormais comptés, continuait d'aller et venir chez le veuf de Firouzeh, pour s'occuper de ses enfants, sans toutefois négliger sa propre maison et sa famille.

Peu à peu, des rumeurs fâcheuses coururent sur Soraya dans le village.

3

S'acheminant à pas lents vers la maison du kadkhoda, Cheikh Hassan se remémorait les années qui venaient de s'écouler et qui avaient donné un cours différent à sa vie. Tout était arrivé très vite, de manière tellement inattendue...

C'est avec le départ du shah que la situation avait basculé. Soudain la rue avait pris le pouvoir et les prisons s'étaient vidées en une nuit. La foule circulait dans les artères de la capitale, assoiffée de vengeance et de liberté. La folie et l'anarchie régnaient et les voyous des quartiers sud étaient montés vers le nord, là où s'élevaient les belles villas, les grands hôtels et les meilleurs restaurants.

Dans la prison militaire de Baghé Shah où il était incarcéré, Hassan Lajevardi avait entendu les cris de la foule et les affrontements. Soudain la prison fut encerclée, puis prise d'assaut et, de la fenêtre de sa cellule, Lajevardi avait vu les corps de deux soldats qui gisaient depuis des heures dans la neige du parc, tache sombre sur le fond blanc.

Il y eut un bruit de clefs, de gonds qui gémissent, de martèlements de bottes, et trois individus armés de fusils-mitrailleurs entrèrent dans le cachot.

« Combien êtes-vous ici ? aboya une voix rauque.

— Cinq, répondit un des prisonniers.

— En rang face à moi, plus vite... ! » hurla le même individu.

L'homme avança de trois pas et toisa les détenus.

« Qui sait lire et écrire ? »

Trois seulement levèrent la main.

« Qui a passé un diplôme de fin d'études ? Y a-t-il un universitaire parmi vous ? »

Hassan Lajevardi répondit par l'affirmative.

« Qu'est-ce qu'il y a, toi, le vieux ? T'es prof... ?

— Non.

— On dit non monsieur, répondit l'homme, qui souleva son arme de quelques centimètres.

— Non monsieur, mais j'ai mon diplôme de fin d'études. Et j'ai un peu enseigné.

— Parles-tu une langue étrangère ?

— Le turc et un peu l'arabe. Et j'ai des notions d'anglais.

— Quel âge as-tu ?

— Cinquante-trois ans, monsieur. »

L'homme en armes s'avança d'un pas et s'arrêta à quelques centimètres de Hassan.

« Que fais-tu donc ici ? Tu es un *savaki* ?

— Non monsieur. Je suis ici par erreur, je vous le jure... »

L'homme éclata de rire.

« Vous dites tous ça, bande de trouillards fascistes. Je verrai ton dossier dans un instant. Malheur à toi si tu as menti ! »

Et, d'un coup de crosse, il frappa Hassan dans les reins pour le faire avancer dans le couloir. Peu après, il se trouva parmi d'autres prisonniers dans une vaste salle éclairée au néon.

« Asseyez-vous en silence ! » beugla une voix.

Pendant toute la matinée, des dizaines de noms furent énumérés, des individus questionnés, voire frappés quand leurs réponses ne donnaient pas satisfaction, puis renvoyés dans leurs cellules. Vint le tour de Hassan. Il se sentait fatigué ; depuis la veille, il n'avait rien mangé.

« Lajevardi... ! Hassan Lajevardi !

— C'est moi, monsieur, répondit-il en se levant et en se dirigeant vers l'estrade où se trouvaient trois hommes armés, vêtus du treillis militaire et d'un foulard palestinien autour du cou.

— Dossier 7865/58. Escroquerie, faux, usage de faux, extorsion de fonds, faillite frauduleuse, émission de chèques sans provision, rébellion à agents, scandale sur la voie publique... »

Les trois juges se regardèrent.

« Pas mal pour un seul homme. Tu as fait ça tout seul ?

— Je vous jure, messieurs, je n'ai pas fait tout ça, je l'ai dit à l'autre juge, mais il n'a pas voulu me croire.

— Depuis quand es-tu là ?

— Ici, à Baghé Shah, depuis dix jours, mais avant, j'étais à la prison de Ghasr depuis sept mois.

— C'est donc un juge du shah déchu qui t'a inculpé ?

— Oui, monsieur.

— Pourquoi devrions-nous te croire ?

— Parce que c'est écrit dans mon dossier. Je l'ai signé et je l'ai daté. »

Les trois magistrats marmonnèrent quelque chose, puis celui du milieu annonça :

« Voudrais-tu travailler pour nous ?

— Comment ça ? interrogea Hassan, étonné.

— Veux-tu travailler pour la nouvelle république que nous sommes en train d'installer et nous aider à débusquer les royalistes qui peuvent se cacher ?

— Certainement... certainement... il y en a même deux dans ma cellule... peut-être même trois ! »

Et c'est ainsi que commença la nouvelle carrière de Hassan Lajevardi dont l'ascension allait être foudroyante : scribe, interprète, mouchard, agent de renseignements au service de la nouvelle police d'État, assistant du bourreau, porte-parole du procureur général de la révolution, et enfin représentant de l'imam dans un village du nord du pays. Le tout en deux années.

Hassan parvint à escamoter des dossiers compromettants le concernant et à se forger une nouvelle virginité. Plusieurs fois condamné pour malversations et délits mineurs, il élimina toutes traces de son passé, tout en gardant son ancienne identité. Son allure s'était complètement transformée : turban, longue soutane, léger manteau sur les épaules, *guivehs* aux pieds, Coran et chapelet entre les mains, barbe bien taillée et lunettes teintées sur le nez lui donnaient un aspect professoral et intellectuel.

Célibataire endurci jusqu'alors, Hassan avait estimé qu'il devait prendre femme et son nouveau rang social lui permettait désormais de viser haut. Il choisit une jeune et riche veuve qui possédait une grande maison face à la mer et de vastes plantations de riz et de thé. Il se fit offrir une voiture avec chauffeur, des vêtements religieux plus élégants, un Coran avec enluminures et quelques bijoux. La belle vie aurait pu durer longtemps si un dignitaire chiite important n'était passé par la bourgade pour saluer son collègue. Quelle ne fut pas la stupeur du voyageur en constatant que Hassan s'était installé dans un confort et une opulence peu conformes aux principes religieux de la révolution. Seul homme dans une maison spacieuse, il vivait, en plus de sa femme et de ses deux belles-filles, avec sa belle-mère, deux servantes et une voisine en charge du jardin.

Quand le dignitaire entra, Hassan était allongé dans un hamac. Deux jeunes filles l'éventaient avec de longues palmes. Très vite le ton monta entre les deux hommes et un mois plus tard, le représentant de l'imam dans le village était destitué et tous ses biens saisis. Comme il ne possédait officiellement rien, il quitta le bourg un matin, sous prétexte d'aller à la ville voisine. En fait, il venait de voler son épouse en lui rendant sa liberté. Bagues, colliers, bracelets, pendentifs, boucles d'oreilles et argent liquide avaient été rapidement amassés au fond d'un sac et il put prendre au vol l'autocar de Chalous sans être inquiété.

Lajevardi était un détraqué sexuel. La police ayant découvert qu'il s'intéressait beaucoup aux petits garçons et aux petites filles de ses classes, il avait été chassé de certains établissements, puis de l'Éducation nationale. Il vivait d'expédients, dormait où il pouvait et c'est ainsi qu'il avait été incarcéré quelques mois avant la révolution.

Après deux années sur la Caspienne, il filait maintenant vers le sud en évitant la ville sainte de Qhom.

Il fit étape à Yazd où il demeura deux années. Ancienne ville zoroastrienne, convertie à l'islam, sise à la limite du désert, ce carrefour commercial convenait bien à Hassan qui avait besoin de se faire oublier.

Il fut quelque temps homme à tout faire de la mosquée du Temps et de l'Heure, puis guide au mausolée de Chamseddine, avant de prendre pour épouse une nouvelle veuve dont le mari avait été exécuté pour collaboration avec l'ancien régime.

Dans cette cité dévote et très animée, il préféra demeurer le civil qu'il aurait toujours dû être et se fit offrir par sa nouvelle femme costumes et chaussures. Rien n'aurait changé si un matin il n'avait été reconnu par un ancien codétenu de la prison de Ghasr, avec lequel il avait partagé une cellule pendant plusieurs mois.

Dans ces bourgades de province, rien ne passe inaperçu et avant la fin du jour, tout le quartier avait appris que les deux hommes s'étaient connus en prison, qu'ils avaient été arrêtés pour escroqueries et que seule la révolution les avait libérés.

Une nouvelle fois divorcé — et enrichi par de menus larcins commis dans l'armoire de sa femme — Hassan reprit la route vers le sud, toujours plus loin, sans but précis.

C'est ainsi qu'il fit halte, un soir, à Kerman, une valise à la main avec ses costumes, ses chaussures, son Coran et quelques bijoux. Une fois encore, il fut guide un temps au château du Dôme-Vert et à la mosquée Pahmenar avant de trouver un travail plus lucratif d'instituteur à l'école Saadat, à l'est de la ville. Il y enseigna les Saintes Écritures, ainsi que la vie du Prophète et de sa famille. La vocation lui vint alors. Ayant des notions d'arabe, il apprit un à un tous les versets du Coran, lisant avec voracité la nouvelle presse islamique et écoutant les prêches diffusés à la radio nationale.

Il découvrit que n'importe qui pouvait devenir mollah sans avoir fait d'études, pourvu qu'il manifeste piété, charité et désintéressement. Il se fit l'ami de quelques religieux, il lut les ouvrages que l'imam avait écrits en exil, et apprit la phraséologie des gens pieux qui lui était inconnue jusqu'alors. Tout en restant laïque, il se sentait irrésistiblement devenir un vicaire du Prophète.

A cette époque, Hassan habitait chez des particuliers, qui lui avaient loué une chambre. Il partageait les repas de la famille et donnait même des leçons particulières d'histoire et de géographie au dernier fils de ses hôtes. Ses cheveux gris, sa barbe élégante, sa haute taille, ses lunettes lui conféraient le sérieux qu'il souhaitait. Mais derrière ses verres teintés, Hassan épiait et scrutait, tel un rapace.

Bien loin de la capitale et de ses tribunaux révolutionnaires, il vivait au jour le jour en essayant de se faire bien voir par la communauté et par le prieur de la mosquée du Vendredi où il allait régulièrement.

La mosquée était devenue le centre de toutes les affaires et de toutes les compromissions de la ville. La moindre démarche auprès du gouvernement, une levée d'hypothèque sur un terrain ou un divorce expéditif, tout se réglait autour du bassin central à certaines heures, entre deux prières et trois prêches. Tout se vendait, tout s'achetait, tout se louait.

A la quatrième tasse de thé, on daignait vous écouter, tandis que furtivement, une enveloppe garnie de quelques billets passait d'une main à l'autre, pour finalement se perdre dans les amples manches d'une aube ecclésiastique.

Depuis toujours, Hassan avait appris l'obséquiosité et l'art de la manœuvre. Il les avait pratiqués autrefois avec les directeurs des écoles où il avait enseigné, avec les puissants de l'ancien régime, puis avec ses geôliers. Il possédait comme personne l'art de la flatterie.

Peu à peu, on apprit à lui faire confiance, on lui laissa prendre des initiatives ou régler certaines affaires. Il savait se rendre indispensable et sa plus belle récompense fut l'invitation à dîner du recteur de la mosquée. Des gens modestes le sollicitaient, lui demandant d'intercéder auprès des autorités ou de la hiérarchie religieuse et ce fut ainsi qu'il gagna ses premiers rials d'intermédiaire.

Rapidement, les sommes augmentèrent, bien que restant très inférieures à celles reçues par les personnages influents qui fréquentaient la mosquée ou le palais du gouverneur. Mais Hassan savait s'en contenter. Très méfiant comme beaucoup de gens du peuple qui gravissent un à un les échelons de la société, il ne faisait pas confiance aux banques et préférait garder son argent sur lui, le convertissant en pièces d'or quand les liasses devenaient trop encombrantes. Il s'était fait fabriquer à bon prix une ceinture munie de plusieurs compartiments qui se fermaient par une pression et dans lesquels il fourrait son butin. Jamais il ne se séparait de ce nouvel attribut, ni au hammam, ni dans son lit.

Quand le président du Parlement, homme fort du pays et originaire de Kerman, vint rendre une visite à ses concitoyens, Hassan ne perdit pas cette occasion de se mettre en avant.

La liesse populaire dura trois jours et lorsque, la veille de son départ, l'homme d'État demanda à rencontrer quelques notables locaux qui s'étaient mis à la disposition de la révolution et de l'imam, il se retrouva sous les lambris de la préfecture, au milieu d'une centaine de personnalités civiles et religieuses qu'il ne connaissait pas et qui étaient l'élite de la ville.

Au moment où le président s'approcha de lui, le prieur du Vendredi lui présenta Hassan : « un homme pieux, juste et bon, un excellent élément pour la société et un remarquable pédagogue ».

Le président lui sourit et dit :

« C'est bien, poursuivez, vous êtes un exemple pour les jeunes... Nos enfants ont besoin de maîtres tels que vous... »

Hassan se confondit en remerciements, s'inclinant respectueusement, et balbutia :

« Votre Excellence... je fais pour le mieux... Que Dieu et notre imam bien-aimé m'assistent... »

Quand il se redressa, le président du Parlement était déjà parti. Des photos avaient été prises et le lendemain, Hassan s'en procura une dizaine. Qui sait, ça pouvait toujours servir ! Jamais il n'avait été aussi heureux...

Désormais aucune manifestation ou cérémonie ne put se tenir dans la ville sans que Hassan y fût invité. Le maire s'en fit un ami et lui confia des responsabilités. Mais comment ne pas tenter un escroc, même repenti, quand on met à sa disposition du papier officiel à en-tête, des tampons, un véhicule de fonction et une partie des finances de la ville ?

Pendant quelque temps, Hassan sut résister à la tentation, mais les gens qui le sollicitaient et qui étaient disposés à le rétribuer pour chaque service rendu finirent par avoir raison de sa fragile et récente intégrité. Dès lors, il se mit à distribuer passe-droits et privilèges avec une aisance déconcertante.

Jusqu'au jour où il commit une erreur. Il autorisa la construction d'une maison sur un terrain vague que personne ne semblait réclamer et qu'il s'était approprié. Il avait reçu à cet effet une confortable somme d'argent.

Tout se serait bien passé si, quelques jours plus tard, le secrétaire de la mairie ne l'avait informé que le terrain prétendument abandonné appartenait à sa belle-famille.

« Tu as vendu quelque chose qui ne t'appartenait pas.

— Ce terrain abandonné m'a été vendu le mois dernier et je l'ai revendu peu après à son actuel propriétaire.

— Tous les papiers sont faux. Tu les as tous rédigés toi-même. »

L'enquête ne dura pas longtemps et le scandale fut immense. Il fut immédiatement arrêté et jeté en prison. On l'y oublia pendant deux semaines, jusqu'à ce que le procureur islamique de la région le convoque dans son bureau.

« Voler l'État, escroquer Dieu, trahir la révolution auront donc été tes seules ambitions depuis quelques années. Tu as essayé d'effacer ton misérable passé, mais mes services ont pu tout reconstituer. La nation souffre et paie par le sang la défense de son sol contre l'envahisseur infidèle, et toi, tu ne cherchais qu'à t'enrichir sur le dos de tes frères. Tu ne mérites même pas la balle qui te tuera. »

Hassan Lajevardi baissa la tête, lâchement.

« Tu n'as rien à répondre ? Tu avoues tes fautes ?

— Oui, j'avoue mes fautes. Je n'ai rien à dire... »

Il y eut un lourd silence. Il voyait le procureur tourner nerveusement les pages d'un dossier, lire quelques lignes, lever la tête, puis se plonger à nouveau dans ses feuillets.

« Tu n'as toujours rien à dire pour ta défense ?

— Non, monsieur, je n'ai rien à dire, sinon implorer votre clémence pour mes erreurs. »

L'homme le fixait. Son turban noir semblait tenir grâce à deux oreilles immenses qui débordaient de part et d'autre de son visage. Il ne devait pas avoir trente ans. Il était pratiquement imberbe et ressemblait à ces eunuques des harems que l'on voit dans les miniatures anciennes.

« N'aurais-tu aucune proposition à me faire, aucun marché à me soumettre pour attirer ma clémence ? »

Hassan se doutait qu'on finirait par en arriver là. Il attendait cette question dont la réponse était toute prête depuis quinze jours.

« Je ne possède pas grand-chose, mais le peu que j'ai peut être mis à la disposition de la révolution et de vos services.

— Et à combien se monte ton offrande ?

— Quelques pièces d'or que j'ai gagnées par mon travail d'instituteur depuis que je suis dans cette ville. Ce n'est pas beaucoup, mais je m'en séparerai avec fierté pour la grande cause nationale. »

Le procureur tapotait avec un crayon le dossier. Un petit rictus apparut sur ses lèvres. Il garda le silence une bonne minute, fixant l'accusé.

« Où est cet argent ?

— J'en ai un peu sur moi, le reste est à la banque.

— Montre ce que tu as sur toi. »

Lentement, Hassan ouvrit sa ceinture et en sortit douze *pahlavis* qu'il déposa sur la table du magistrat. L'homme les compta.

« Tu es sûr que c'est tout ce que tu as sur toi ?

— Oui, c'est tout... vous pouvez vérifier. »

Et il lui tendit la ceinture.

« Je te crois... Et le reste, quand pourras-tu me le fournir ?

— Dès que vous le souhaiterez... »

Hassan avait amassé tant de pièces durant les derniers mois qu'il avait dû vider sa ceinture devenue trop pesante. Il avait enfoui son magot sous un arbre situé sur un terrain qu'il avait acheté, à la sortie de la ville.

« Il faut que tout cela se fasse très discrètement, dit le procureur. Mais je ne peux pas te faire confiance. Quel marché proposes-tu ? »

L'instituteur suggéra qu'on le laissât aller à la banque retirer son capital, afin qu'il pût le remettre en un lieu convenu.

« Quel endroit choisis-tu ? »

Hassan parla de son petit jardin, aux portes de la ville, où personne ne passait jamais, encore moins à la tombée de la nuit. L'homme hésita un instant, puis accepta.

« N'essaie pas de me tromper. Je vais te faire suivre tout le temps que tu seras dehors. Ne t'avise pas de décamper. »

Hassan avait repéré depuis toujours une succursale de la Banque nationale, au cœur de la ville qui conviendrait pour l'affaire. Il fut décidé qu'il y retirerait ses fonds vers midi et que l'échange se ferait le soir même dans le jardin.

Entrer dans l'établissement et en ressortir une demi-heure plus tard avec un paquet ficelé dans du papier journal fut un jeu d'enfant pour l'escroc qui avait remarqué qu'il était suivi.

Ensuite, il se perdit dans la foule, puis attendit tranquillement la fin du jour.

Vers neuf heures ce même soir, une voiture approcha du jardin de Hassan. Le véhicule pénétra par une grille rouillée qui fut refermée aussitôt. L'endroit était calme, entouré de hauts murs. Dans un angle, une petite cabane abritait des meubles de jardin et des outils.

Le procureur était venu seul. Hassan s'en doutait. Une telle somme ne se partageait pas.

« C'est très joli et très reposant ici... Quand as-tu acheté cet endroit ?

— Il n'y a pas longtemps. J'y viens parfois avec des amis quand la chaleur en ville est trop forte et que je suis un peu fatigué. Je n'ai pas de voiture personnelle et la marche à pied ne m'a jamais fait peur. »

Le magistrat islamique voulait en finir.

« Je suis très pressé. Pourrions-nous régler rapidement notre affaire ?

— Certainement, monsieur... C'est par ici, veuillez me suivre. »

L'homme lui emboîta le pas. Tout se passa alors très vite. A peine entré dans la cabane, l'instituteur s'empara d'une pioche et frappa le procureur à la tête de toutes ses forces. Il n'y eut pas un cri, pas même un gémissement, seul le bruit de la chute d'un corps. Dans l'après-midi, Hassan avait creusé à l'intérieur même du local un trou assez profond pour y enfouir un homme recroquevillé. D'une main experte, Hassan le dépouilla de ses vêtements religieux en évitant de les tacher davantage. Il jeta le corps de l'homme dans la fosse et répandit dessus de la chaux vive. Une demi-heure plus tard, le trou était bouché, et les outils et les meubles du jardin recouvraient le tout.

Hassan cadenassa la porte de la cabane, puis celle de sa propriété et roula pendant un kilomètre, tous feux éteints, vers le nord, en direction de Ravar. Arrivé sur un pont, il descendit du véhicule et précipita la voiture trente mètres plus bas, dans les eaux tourbillonnantes d'un torrent.

Dès les premiers rayons du soleil, il se leva et s'empressa de laver les quelques taches de sang sur le turban et les vêtements du procureur. Du promontoire où il était installé, il dominait les environs. Personne ne pouvait le voir ni l'importuner. Quand les vêtements furent secs, il les enfila, après s'être emparé du portefeuille, de la montre et des autres objets personnels de sa victime, puis il creusa un trou pour y cacher ses propres vêtements et brûla les papiers compromettants du magistrat.

Alors seulement il se demanda ce qu'il allait faire. Où pouvait-il bien aller ? L'alerte avait sûrement déjà été donnée. Il avait disparu de la prison, ainsi que le procureur. On allait retrouver la voiture. On questionnerait les paysans de Ravar, de Darband ou peut-être encore de Neybandan, aux portes du désert.

Il se rappela être parti pique-niquer un jour avec la famille qui l'hébergeait à Kerman. La route longeait l'autre versant de la montagne et remontait des gorges profondes jusqu'au pied de hautes falaises. Mais le temps avait brusquement changé et il leur avait été impossible d'atteindre le village de Koupayeh, but de la promenade. La voiture avait dû faire demi-tour. Ce jour-là, il lui restait une bonne trentaine de kilomètres de marche pour atteindre ce bourg. Il se mit en route.

Par chance, moins d'une heure plus tard, un vieil autocar le dépassa et s'arrêta. Le chauffeur se pencha par la fenêtre :

« Vous venez, saint homme, je vous emmène ? »

Hassan fut pris au dépourvu. Refuser aurait eu l'air louche.

« Je viens avec vous... Cela fera combien ? »

Le chauffeur plaisanta :

« Dieu ne paie pas, on l'invite ! »

Hassan s'installa tout au fond du car. Huit passagers étaient assis, chargés de ballots et de cageots. Tous somnolaient et ne firent pas attention à lui.

Une demi-heure plus tard, le véhicule s'immobilisa à Koupayeh. C'était le jour du marché.

Comme une traînée de poudre, l'arrivée du religieux fit le tour du bourg. Certes, il en venait de temps à autre, mais aux grandes occasions seulement. Celui-ci, d'où sortait-il ? Et le kadkhoda, où était-il ?

Le fils du puisatier courut à toutes jambes à sa recherche :

« Machdi Ebrahim ! Machdi Ebrahim ? »

Il entra en coup de vent dans la mairie où il vit Shokrollah :

« Le kadkhoda est-il là ?

— Il est dans le pré derrière. »

L'enfant trouva le maire assis dans l'herbe aux côtés du berger, tirant sur sa pipe qui ne le quittait jamais.

« Machdi Ebrahim... venez... venez vite ! »

Le vieux leva la tête :

« Que se passe-t-il, Rahim, pourquoi es-tu si pressé ?

— Venez vite, criait l'enfant, tout en s'emparant de la main du kadkhoda et en l'aidant à se lever. Il est là... il est là !

— Mais qui est arrivé ? Explique-toi.

— Le mollah... le mollah... il est arrivé avec Nasrollah, dans l'autocar. »

Ebrahim eut toutes les peines du monde à suivre le gamin. Quand ils parvinrent sur la place, le marché battait son plein, mais pas le moindre mollah en vue.

« Dis-moi, Nasrollah, qu'est-ce que c'est que cette histoire ? Tu as amené un mollah ?

— Oui, kadkhoda, il y avait un mollah pas très bavard avec moi. Je ne l'ai pas fait payer... Dieu me remboursera un jour. Il est parti par là... Il demandait qui était le chef ici. »

Le maire et l'enfant rebroussèrent chemin et se dirigèrent vers la maison municipale. Dès qu'ils entrèrent ils virent Hassan Lajevardi. Il leur tournait le dos. Il était attablé et attendait que Shokrollah le serve.

« Salâam al leikoum », dit Ebrahim.

Le religieux lui rendit son salut en ajoutant :

« Que le Dieu tout-puissant vous protège, vous et les vôtres. »

Le maire se courba un peu en avant, en signe de respect, pour le remercier et dit :

« Vous êtes le bienvenu parmi nous, saint homme... le peu que nous avons vous appartient. »

Shokrollah lui versa du thé et lui présenta quelques gâteaux secs et des fruits. L'inconnu buvait bruyamment et dévorait avec voracité. Il n'avait rien mangé depuis la veille et les émotions lui avaient donné grand faim. Quand il parut rassasié, il se redressa, passa le revers de sa main sur la bouche et dit :

« Je m'appelle Hassan Lajevardi et je parcours le pays au nom de l'Imam pour propager sa parole et celle de Dieu... »

Tous dévisageaient cet homme au port altier qui portait des lunettes perchées au bout d'un long nez, une belle barbe grisonnante et, sur la tête, le fameux turban noir des *seyeds* qui étaient affiliés à la famille du Prophète. Sa longue robe marron clair quelque peu élimée tombait jusqu'à ses pieds nus sanglés dans des sandales.

Ebrahim, Shokrollah et le petit Rahim marmonnèrent en chœur :

« Gloire à Dieu et à son Prophète... Longue vie à notre Imam vénéré.

— J'arrive de Kerman, et avant Kerman, j'étais à Yazd, et avant Yazd à Ispahan et encore avant à Qhom, notre sainte ville...

— C'est ici votre ville, Éminence, dit le maire. Nous sommes modestes, mais honnêtes et travailleurs. Demandez et vous aurez ce que vous souhaitez. C'est Dieu qui vous a envoyé parmi nous. Soyez le bienvenu.

— Je suis veuf, je suis seul, je veux seulement trouver un peu de chaleur parmi des gens simples et bons. »

Maintenant, tout le monde buvait et mangeait. Quand la théière fut vide, Lajevardi rompit le silence :

« Dans la vallée, on m'a dit grand bien de vous. Je me suis alors décidé à vous rendre visite et à rester quelque temps, avant de reprendre mon chemin. Malheureusement, mon séjour parmi vous sera bref... »

Machdi Ebrahim se sentit honoré par une telle visite. Il installa le voyageur dans la plus belle chambre de sa mairie et, le soir même, Hassan Lajevardi fut présenté aux gens du village. Rapidement il s'intégra à la population grâce à une piété et à un dévouement qui firent l'admiration de tous.

En peu de temps le kadkhoda fut sous le

charme de son hôte. Il recherchait sa compagnie, aimait a l'entendre parler de ses voyages, de son pèlerinage à La Mecque et de ses entrevues avec l'imam dans la capitale...

Quand Ghorban-Ali arriva un soir au bourg et se retrouva soudainement en face du nouveau venu, il y eut un court silence, et après les formules de politesse d'usage, les deux hommes échangèrent quelques banalités. Seul un œil averti aurait pu deviner qu'ils se connaissaient.

Peu de temps après, ce fut sur l'insistance de Ghorban-Ali qu'Ebrahim accepta de mettre la maison de l'arbab à la disposition du religieux. Deux femmes du village furent détachées à son service et dès lors, celui qui se faisait appeler Cheikh Hassan devint sans aucun doute le personnage le plus important de Koupayeh.

Le faux religieux prit, au fil des mois, un ascendant très net sur le maire et commença à lui dicter ses volontés.

Il savait flatter, conseiller subtilement, diriger tout en restant dans l'ombre, permettant ainsi à Machdi Ebrahim de récolter, seul, le fruit de ses intrigues.

Très vite, le cheikh se constitua un petit magot, puisque ses fonctions lui permettaient à la fois d'être un peu notaire, un peu avocat, intermédiaire, usurier et tout naturellement scribe et conseiller occulte de la communauté.

La maison de l'arbab était ainsi devenue une sorte de tribunal où le mollah jouait tous les rôles, aussi bien ceux de la défense que de l'accusation. Et comme tout service avait son prix, Hassan fut bientôt à la tête de quelques arpents de terre, d'une demi-douzaine de têtes de bétail, de volaille, d'une ou deux masures en ruine et, chose plus importante, du pré qui bordait le cours d'eau qui alimentait Koupayeh et la vallée.

Tout ce qu'il entreprenait était fait légalement, avec l'accord du maire et de ses adjoints. Zahra Khanoum eut beau prévenir Ebrahim que ce terrible personnage était un charlatan doublé d'un escroc, il ne voulut rien entendre, se contentant de rétorquer qu'elle ne connaissait rien aux affaires, que cela ne la concernait pas.

« Pauvre Ebrahim, se dit-elle, si seulement il était lucide ! »

Ebrahim n'avait quitté le bourg qu'une seule fois dans sa longue vie. Trop pauvre pour faire le pèlerinage de La Mecque ou de Karbala, il avait économisé rial après rial pour se rendre à

Machad le jour de ses trente ans. Cette expédition à l'autre bout du pays avait duré un mois et il en était revenu transformé. On aurait dit que la grâce l'avait touché. Lui, le turbulent, était devenu calme et pondéré. Lui, le vagabond que rien ne semblait intéresser, avait décidé de suivre une heure par jour les cours de l'école pour connaître les chiffres et l'alphabet.

A son retour de pèlerinage à Machad, il eut droit au titre de « Machdi » qui lui donna un certain prestige auprès de ses administrés.

Premier magistrat d'un bourg de deux cent cinquante âmes, il avait un grand pouvoir. De la naissance à la mort, il assistait les villageois qui étaient tous ses amis. Pas une fois, il n'avait demandé une rétribution pour son travail, mais il ne refusait pas un poulet ou un kilo de riz pour une démarche ou une intervention. Or depuis l'arrivée de Hassan dans le village, Zahra ne parvenait pas à comprendre l'intérêt pour l'argent que manifestait Machdi Ebrahim.

Le mollah et Ebrahim s'enfermaient parfois des heures dans l'ancienne maison du propriétaire. Personne ne savait de quoi ils pouvaient parler. Par la suite, Ghorban-Ali, dont les affaires fructifiaient à Kerman, et Hashem, le veuf de Firouzeh, vinrent les rejoindre.

Zahra, dont la maison était voisine, entendait des éclats de voix, mais ne pouvait deviner ce qui se complotait. Pour elle, une chose était certaine : sous la haute autorité de Hassan et avec la complicité involontaire du maire, les quatre hommes manigançaient quelque chose de louche. Lui parvenaient surtout les voix du mollah et du mari de Soraya.

Zahra s'étonnait d'une chose : le rôle de Machdi Ebrahim. L'homme n'avait jamais eu de grands désirs. Il possédait sa maison, ses enfants étaient grands et indépendants, ses modestes revenus lui suffisaient et depuis la mort de sa femme, il n'avait jamais été question de remariage. Toujours très humblement vêtu, il n'avait aucun besoin.

Certes, le bruit courait depuis un certain temps que Ghorban-Ali voulait se remarier avec une très jeune fille de la ville que personne n'avait encore vue. Soraya n'avait plus de rapports avec son mari depuis des années et un divorce ne l'aurait pas affectée. Seulement, en cas de répudiation, Soraya étant sans reproche, la séparation coûterait cher à Ghorban-Ali.

Ce fut pour cette raison que la vieille femme dérogea à ses principes et interpella un jour le maire sur la place, à haute voix, afin que tout le monde l'entende :

« Dis donc, Ebrahim, quand tu auras terminé ton travail, tu viendras me voir... Fais vite, je t'attends. »

Jamais encore on n'avait entendu Zahra Khanoum inviter un habitant du bourg chez elle, et surtout pas avec autant d'ostentation et d'autorité. Le maire marqua un temps d'arrêt, regarda son amie et s'éloigna.

Zahra hurla :

« N'oublie pas... je t'attends... »

En fin d'après-midi, Ebrahim frappa à a porte de Zahra :

« Entre, la porte est ouverte... Tu en as mis du temps pour venir. »

Le maire balbutia quelques mots incompréhensibles et s'assit.

« Tu as dû demander la permission de Monsieur Lajevardi avant de venir ici ? Tu n'es donc plus le patron dans ton village ?

— Mais tu m'espionnes ?

— Pourquoi voudrais-tu que je t'espionne ? A chaque instant, je te vois entrer ou sortir de sa maison, là, sous mes fenêtres. Autrefois, tu étais davantage chez toi, ou à la mairie, ou dans les champs. Maintenant, on dirait que tu habites avec cet individu !

— Toujours ta langue de vipère, Zahra, tu ne changeras donc jamais ?

— Crois-tu que de vieux singes comme nous changent à notre âge ? C'est trop tard et c'est bien ça qui m'ennuie, Machdi...

— Qu'est-ce qui t'ennuie ?

— C'est que je ne vois plus en toi l'Ebrahim que tout le monde aimait et respectait. Depuis l'arrivée de ce personnage, tu es totalement sous son influence. Je ne parle pas de Ghorban-Ali ou de Hashem qui sont plus à plaindre qu'à blâmer. Mais toi, à ton âge, ce n'est pas pensable.

— Mais je suis le même, tu le sais bien.

— Toi, tu crois que tu es le même, mais tu as complètement changé, mon pauvre ami. Je ne sais pas ce que tu fais chez cet homme. Je me doute de quoi il s'agit, mais sache bien, Machdi Ebrahim, tout kadkhoda que tu es, je ne vous laisserai pas harceler ma petite Soraya, car je sais que c'est d'elle qu'il s'agit, n'est-ce pas ? Tout le monde le sait au village !

— Tout le monde sait quoi ?

— Que vous complotez avec Ghorban-Ali contre Soraya ! »

Ebrahim lui répondit avec calme :

« C'est vrai que Ghorban-Ali veut se marier avec une gentille fille de la ville et s'installer à Kerman. C'est vrai aussi que sa femme ne lui donne plus satisfaction et je dirais même que Ghorban-Ali lui fait bien des reproches. Elle est moins attentive à lui, elle s'occupe mal des enfants, sa nourriture est devenue mauvaise, et il trouve qu'elle va un peu trop chez Hashem depuis la mort de Firouzeh... »

Zahra lui coupa la parole :

« Ebrahim Lahouti, regarde-moi dans les yeux... Te rends-tu compte de ce que tu viens de dire ? Tu n'as pas honte ! Il n'y a pas meilleure mère et épouse que Soraya dans ce village et tu le sais !

— Nous trouvons tous que Soraya va trop souvent chez Hashem et qu'elle y reste trop longtemps.

— Mais c'est nous tous qui le lui avons demandé, s'insurgea Zahra. Personne ne voulait faire ce travail. Nous avons tous choisi Soraya. Tu ne t'en souviens pas ? Ebrahim, regarde-moi dans les yeux : tu t'en souviens ? C'est même toi qui l'as accompagnée la première fois chez lui ! »

Le vieil homme baissa la tête et ne dit rien.

« Je veux savoir ce qui se passe !

— Ce sont des histoires d'hommes et pas de bonnes femmes. Tu n'y comprendrais rien d'ailleurs.

— Et toi, qu'est-ce que tu y comprends à tout cela ? Avec des individus comme Hassan et Ghorban-Ali, vous faites une belle équipe : toi, un veuf, un soi-disant mollah et un bon à rien...

— Je t'interdis de parler comme ça. Monsieur Lajevardi est un homme de Dieu et tu dois le respecter en tant que tel. Je n'ai rien à lui reprocher et toi non plus. Il est l'honneur de notre village.

— Tu sais bien que tu mens, Ebrahim. Mais il t'a tellement ensorcelé que tu n'es plus le même. Tu n'es plus mon ami. J'ai honte pour toi. »

La vieille était remontée et rien ne pouvait l'arrêter.

« En quelques mois, tu as tout perdu, tout ce qui te donnait le droit d'être le chef de notre communauté : l'autorité, l'honnêteté, le courage, l'indépendance, la bonté... Regarde-toi, si tu oses encore te regarder dans un miroir. Il y a bien longtemps que tu n'es plus le vrai kadkhoda et tout le village pense comme moi. Cela nous accable tous. Je te mets en garde, Machdi

Ebrahim, car je suis la seule personne ici qui ose encore te parler comme ça : ne va pas trop loin, sinon tu me trouveras toujours sur ton chemin, comme tu m'as déjà trouvée sur ta route bien des fois... Tu t'en souviens... hein ?... »

*

Soraya n'avait pas prêté grande attention à ce qui se tramait dans l'ancienne maison de l'arbab. Elle n'avait rien à se reprocher, et Ghorban-Ali comme Hashem étaient là pour la soutenir, pensait-elle. Zahra cependant tentait de la mettre en garde :

« Méfie-toi d'eux, eux aussi ont changé. Depuis que Hashem est seul, il suit ton mari comme un chien fidèle et il est sous influence. Il ira là où est son intérêt. Firouzeh n'est plus ici pour le guider. Depuis que ton mari va à la ville, il nous a passé toutes les mauvaises habitudes d'en bas. »

Soraya ne disait rien. Elle savait que la vieille avait raison, mais que faire ? Elle ne parlait plus depuis longtemps à son mari. Ses deux aînés la fuyaient. Ses plus jeunes enfants grandissaient dans la rue et rentraient crottés et poussiéreux quand le soleil disparaissait derrière la montagne.

Oppressée par l'hostilité qu'elle sentait croître autour d'elle, la jeune femme décida un jour de ne plus parler. Zahra comprit alors qu'elle avait perdu sa dernière chance et qu'il lui serait difficile de prendre sa défense tant qu'elle refuserait de s'expliquer.

*

Quant à Hassan Lajevardi il ne manquait de rien, surtout pas de nourriture. Ses administrés avaient pour habitude de lui apporter chaque matin son litre de lait, son fromage et son pain. Choyé, il était également rétribué pour tous les services qu'il pouvait rendre.

Ainsi, d'affaires en tractations, il avait acquis un important pécule qui en fit rapidement un des nantis de la montagne, d'autant plus que par l'entremise de Ghorban-Ali, il menait certaines opérations avec des voyous de la plaine. Mais en vrai homme de l'ombre, son nom n'apparaissait nulle part ; il lui suffisait de tirer les ficelles. C'était le mari de Soraya qui paraphait tous les documents officiels et le tour était joué.

Ce fut ainsi que, par un subtil jeu d'écritures,

Ghorban-Ali devint l'heureux propriétaire d'un petit jardin à la sortie de la grande ville, avec de beaux arbres et un cabanon... Grâce à ces stratagèmes, Machdi Ebrahim reçut aussi quelques actions de la maison close qu'il visita un jour, refusant toutefois de céder à la tentation de la chair.

Tout le monde faisait des affaires sur le dos de l'autre et Hassan orchestrait tout.

Le plus manipulé était sans aucun doute Machdi Ebrahim. Sa fonction de maire lui conférait une autorité indiscutable dans la communauté et le sceau qu'il apposait sur les documents légalisait en quelque sorte le commerce illicite que Cheikh Hassan entreprenait avec Ghorban-Ali.

Le mollah rédigeait les actes et les textes à sa guise. Personne ne pouvait le contredire car peu de gens savaient lire et le vocabulaire officiel avait vite fait de dérouter ceux qui avaient quelques notions d'écriture.

Le kadkhoda laissait faire. Il signait tout ce qu'il fallait signer, il joua son rôle de chef du village à merveille et il accepta les insultes de Zahra comme autant d'encouragements pour poursuivre son chemin sur la voie que Hassan avait tracée pour lui. Personne au bourg ne semblait s'intéresser à ces affaires et, quand les deux fils de Ghorban-Ali, Hossein-Ali et Hassan-Ali, faisaient de temps à autre des allusions ou posaient trop de questions, le quatuor avait réponse à tout, Hashem se montrant un parfait complice. Tout ce qu'on lui avait demandé, c'était d'accuser Soraya, de confirmer qu'elle l'importunait et lui faisait des propositions indignes ; il devait également dire qu'elle avait tenté plusieurs fois de le séduire, qu'elle lui avait même prodigué des caresses et avait prononcé des mots qu'une femme mariée ne dit qu'à son époux.

Mais ce que le maire ne voulait surtout pas, c'était paraître malhonnête aux yeux de Zahra qui, derrière ses carreaux, épiait le moindre de ses gestes. « Il » savait qu' « elle » savait et il tentait tant bien que mal de sauver les apparences et de conserver un tant soit peu de prestige auprès d'elle.

Depuis plus de cinquante ans, cette femme l'avait toujours dominé ; elle avait toujours tout exigé de lui et tout obtenu. Il n'avait jamais rien su lui refuser, mais aujourd'hui, il saurait l'affronter car il n'avait pas d'autre choix. Le complot était en marche. Il en allait de ses intérêts et de ceux de Hassan. Il ne voulait surtout pas avoir le moindre problème avec cet homme qui en peu de temps avait fait main basse sur tout le village. Quelqu'un l'avait-il envoyé ? Avait-il vraiment des relations haut placées ? Pouvait-il, comme il le répétait, faire intervenir quand il le voulait la police, la gendarmerie ou encore un juge islamique ?

*

Toute sa vie durant, Ebrahim avait été un faible. Devant les exigences de l'arbab, il avait appris à se taire et à baisser la tête. Devant les excentricités de sa femme, qui venait tête découverte à Koupayeh, il ne disait rien. Et devant les provocations de ses fils, qui importunaient les filles du village, il se taisait encore.

Mais puisque Zahra le provoquait et l'humiliait à la moindre occasion, eh bien, cette fois, elle verrait ce dont il était capable.

Rien ne l'arrêterait et dès que Hassan et Ghorban-Ali, avec la complicité de Hashem, prouveraient la culpabilité de Soraya et porteraient cette histoire sur la place publique, il confirmerait leurs dires et mènerait l'affaire jusqu'à son terme...

4

Zahra, la doyenne du village, était une femme ridée et courbée par les épreuves du temps. Tout le monde la craignait mais on recherchait son estime.

Rien ne se faisait depuis des décennies sans son avis. Le défrichement de la forêt, la construction d'un petit pont, l'agrandissement du puits, les mariages ou les enterrements, elle avait son mot à dire sur tout.

On ne connaissait pas très bien son âge, ni celui de Machdi Ebrahim d'ailleurs, mais ils avaient de beaucoup dépassé les soixante-dix ans.

Depuis sa plus tendre enfance, par tous les temps, elle allait trois fois par semaine laver le linge de la famille à la rivière.

Les sages venaient la consulter pour lui demander son avis et chacun savait que Machdi

Ebrahim, bien que fils du maire, n'avait pas les qualités requises pour succéder à son père quand ce dernier mourut. Zahra l'imposa cependant et personne n'eut rien à y redire.

Elle partageait son temps entre le torrent et sa maison, parlant peu, écoutant beaucoup et voyant tout. En dehors de sa famille, elle ne recevait que peu de visiteurs.

Zahra connaissait les moindres détails de la vie de chacun des habitants de Koupayeh ; elle officiait aux accouchements et aux circoncisions, initiait les jeunes époux naïfs le soir de leurs noces, et avait conduit à leur dernière demeure tous ses amis d'enfance, les uns après les autres. Jamais, elle n'avait voulu descendre dans la grande ville, mais elle connaissait de Kerman les histoires qu'on lui rapportait.

L'autocar qui montait au village la faisait fuir et l'arrivée de l'arbab et de sa famille les jeudis après-midi ne l'intéressait guère. Les jours de sizda bédar, le treizième jour après le *nowrouz*, quand tous les villageois quittaient le bourg comme le veut la tradition, elle restait seule chez elle. La petite localité lui appartenait alors, et elle allait et venait au milieu des maisons désertées, avec pour seuls compagnons quelques chiens errants, les corbeaux dans les arbres et les premiers papillons apparus avec le printemps.

Depuis quelques années, elle ne participait plus aux festivités collectives, ni même aux mariages. Ce n'était qu'à l'occasion des enterrements qu'on la voyait se diriger vers le minuscule cimetière dressé au milieu des arbres, pour dire un dernier adieu à une compagne.

Zahra n'avait connu que le village et ses environs. Elle avait toujours habité la même maison, à côté de celle de l'arbab, qui la tenait de son père. Dès son plus jeune âge, elle avait fait preuve d'indépendance.

En ces temps-là, les filles n'allaient pas à l'école. Elles aidaient leur mère dans les corvées domestiques, puis on les mariait très jeunes avec le fils d'un voisin, ce qui permettait parfois le remembrement d'une parcelle de terrain, ou l'agrandissement d'une masure.

Son père avait foré le premier puits et ce fut elle qui avait eu l'honneur d'en retirer la première eau. Depuis cette époque, l'endroit portait son nom.

Un jour, un instituteur ambulant était arrivé de la ville, dans une charrette tirée par un mulet. Il avait apporté avec lui des crayons de couleur, des livres d'images et une flûte. Il s'était installé dans le bourg plusieurs jours et Zahra avait été la plus assidue à ces cours improvisés.

Cet intérêt pour le savoir, Zahra le développa au fil des années, et plus tard, ce fut elle qui enseigna ce qu'elle avait retenu car, disait-elle, « Dieu et son Prophète savaient lire et écrire et tout bon musulman doit pouvoir faire comme eux ».

Ses parents jugèrent un jour qu'elle était en âge de se marier : on lui imposa Morteza, mais elle n'en voulut pas. Elle s'enfuit de longues heures à travers les champs et, quand elle revint à la maison à la nuit tombée, elle expliqua qu'elle ne voulait pas être la femme d'un garçon qui ne savait ni lire ni écrire.

Elle finit par accepter Nematollah, de dix ans son aîné et qui avait montré certaines dispositions pour la lecture et le calcul. D'ailleurs, avec l'aide de Zahra, il devint le plus proche collaborateur du kadkhoda et s'occupait de la paperasserie et des archives.

Zahra subit le sort de toutes les femmes du bourg : plusieurs fois enceinte en une dizaine d'années, elle fut mère de six enfants dont un seul refusa le travail de la terre pour devenir gendarme à la ville.

Elle resta l'épouse de Nematollah pendant une trentaine d'années. Elle se retrouva veuve peu de temps avant le décès de la femme de Machdi Ebrahim. Tout le monde pensa alors que ces deux vieux amis allaient s'unir. Il n'en fut rien et la vie reprit son cours.

Entre l'eau du torrent et la vie de sa maisonnée, rien ne l'intéressait. Elle maria ses enfants les uns après les autres, mais aucun ne resta auprès d'elle. Décidant de tout, se mêlant de tout, elle rendait à tous la vie impossible, alors qu'elle était persuadée du contraire.

Très vite, Zahra Khanoum avait montré sa préférence pour sa nièce Soraya. Elle seule était autorisée à aller chez la vieille dame à toute heure du jour sans la prévenir. Ghorban-Ali craignait les visites de sa femme chez Zahra, car il savait qu'elle s'y plaignait de son comportement, de sa paresse, de sa saleté et de ses mensonges. Les colères de la vieille dame étaient célèbres, il les redoutait.

Comme Zahra, Soraya était instruite et elle avait essayé de transmettre son savoir à ses enfants. Comme elle, elle tenait dignement sa maison et élevait proprement ses enfants. Comme elle, elle ne s'attardait pas dans les ruelles, ne parlait à personne, sauf si on l'interpellait.

Et quand il fut clair que Ghorban-Ali préférait la vie dans la plaine, Soraya trouva auprès de la vieille femme le réconfort et les conseils qu'elle souhaitait obtenir.

Ce matin-là, Zahra Khanoum était dans sa cuisine quand elle entendit soudain des hurlements. C'était le jour du marché et les cris des marchands lui parvenaient. Mais ces éclats de voix l'intriguèrent. Elle alla à la fenêtre et se pencha. Un attroupement se tenait à quelques pas de chez elle. La vieille femme ne comprit pas l'objet de ces vociférations :

« Putain !... Tu n'es qu'une putain !... Chienne... fille de chienne ! »

Elle finit par distinguer la voix de Ghorban-Ali, l'époux de Soraya. L'instant de surprise passé, elle décida de sortir et de s'approcher du groupe. Les cris redoublaient :

« Prostituée... fille de pute... honte à toi, fille dévergondée... ! »

A grand-peine, elle se fraya un passage au milieu de la foule et aperçut Soraya cernée par un groupe d'hommes et de femmes qui hurlaient et la rudoyaient. La jeune femme tentait d'échapper à cette fureur et finit par tomber sous une grêle de coups.

Zahra se rua dans la mêlée et essaya de protéger sa nièce. Elle aussi fut frappée.

« Ne vous mêlez pas de ça, Zahra Khanoum... cette putain ne mérite pas que vous la protégiez... laissez-nous faire... »

Les deux femmes se relevèrent et le silence se fit. Puis Zahra, toisant Ghorban-Ali, lui dit :

« Que se passe-t-il ici ? Es-tu devenu fou ? Te rends-tu compte de ce que tu fais ?

— Elle n'a que ce qu'elle mérite... Elle m'a trompé... Vous vous rendez compte, elle m'a trompé ! »

Très en colère, il se maîtrisait avec difficulté.

« Comment ça, elle t'a trompé ? Où t'a-t-elle trompé, quand... avec qui ?

— Là, maintenant, avec Hashem, je viens de les surprendre !

— C'est vrai, hurla la foule, Ghorban-Ali dit vrai, il a été trompé... »

Zahra ne comprenait toujours pas :

« A quoi bon crier ainsi, je ne vous entends pas. Venez chez moi, nous allons parler... »

Elle prit Soraya par l'épaule, suivie de son mari et d'une vingtaine de villageois.

« Vous n'entrerez pas chez moi. Seuls Soraya

et Ghorban-Ali y entreront. Faites venir le kadkhoda, je ne veux personne d'autre ici ! »

La foule resta devant la maison, dans l'attente de Machdi Ebrahim. Soraya était en larmes et Ghorban-Ali se tenait debout auprès d'elle, tremblant de rage.

Quand le maire arriva, il questionna la vieille femme :

« Alors, qu'est-ce qu'il y a ? Que se passe-t-il ? »

Avant que Zahra n'ait pu répondre, Ghorban-Ali vociféra :

« Elle me trompe, elle m'a trompé avec Hashem. Je le savais, je viens de les surprendre ! »

Ebrahim se tourna vers Soraya et la questionna :

« C'est vrai ce que dit ton mari ? Tu l'as trompé ? »

Elle fit un effort pour parler.

« C'est faux, je ne l'ai pas trompé... »

L'époux hurla une nouvelle fois :

« Tu mens... tu mens... avoue que tu mens, tout le village sait que tu mens et que tu me trompes. Tous les jours tu vas chez Hashem, tu t'occupes davantage de lui et de sa maison que de ta propre famille. Tu as couché avec lui. Tout le monde le sait...

— C'est faux... pourquoi dis-tu ça ? Zahra Khanoum, tu connais la vérité, ne le laisse pas dire ça ! »

Soraya s'était accrochée au bras de la vieille femme et la suppliait du regard.

Zahra, très émue par ce qu'elle venait d'entendre, questionna le mari :

« Tu dis qu'elle vient de te tromper. Qu'a-t-elle fait ?

— Elle le sait. Je les ai vus sourire, se tenir proches l'un de l'autre et se parler à voix basse... je les ai surpris... elle est coupable... elle me trompe... »

Ebrahim intervint :

« Soraya, ton mari dit-il vrai ? »

La jeune femme bouleversée et en larmes tenta de s'expliquer :

« Je disais à Hashem que je lui avais préparé son repas, que j'avais fait sa lessive et que je repasserais les effets des enfants ce soir chez moi. Nous nous sommes souri. Vous savez tous que je m'occupe de sa famille depuis la mort de Firouzeh, tout le monde le sait...

— Et tout le monde sait que tu restes chez

lui des heures durant, et que tu couches avec lui. On dit même que tu es enceinte de lui...

— C'est un mensonge ; je n'ai jamais touché Hashem et il ne m'a jamais touchée. Comment oserais-je faire ça, je suis mariée... »

Ebrahim, sceptique, dit :

« Soraya, nous te connaissons depuis toujours, mais il est certain que depuis que cette chère Firouzeh nous a quittés, tu passes beaucoup de temps dans la maison de Hashem et je comprends que ton mari se plaigne. Tu négliges ta propre maison et tes enfants.

— Je n'ai jamais négligé personne. Demandez à Zahra Khanoum, demandez à mes voisines, je suis une bonne mère et une épouse fidèle...

— C'est faux, tu m'as trompé, tout le village le sait. Tu me trompes quand je suis à Kerman. Cheikh Hassan le sait, il me l'a dit... Demandez-lui, Machdi Ebrahim ! »

Zahra répliqua :

« Parler avec le mari de sa meilleure amie n'est pas une faute et Hashem est un brave garçon. Faites-le venir, il nous dira la vérité. »

Le veuf fut introduit dans la maison de Zahra, le maire le questionna :

« Dis-moi, Hashem, que vous disiez-vous

tout à l'heure avec Soraya, quand vous parliez à voix basse ?

— Elle me disait qu'elle allait venir chez moi pour préparer le déjeuner de la famille, repasser mon linge... et... euh...

— Et quoi, Hashem, raconte...

— Et qu'elle souhaitait se reposer quelques instants car le marché l'avait fatiguée...

— C'est faux, cria Soraya, je ne t'ai jamais dit ça. Je te disais que je prendrais ton linge pour le repasser chez moi après m'être reposée ! »

Hashem baissa la tête, ne répondant rien.

Ghorban-Ali intervint :

« Vous voyez, elle ne fait que mentir, elle a toujours menti ! »

Le kadkhoda regarda Zahra Khanoum, quelque peu gêné, toussota gauchement et reprit la parole :

« Hashem, écoute-moi bien, c'est très important : est-ce que Soraya t'a dit qu'elle viendrait se reposer chez toi après le déjeuner ? Réponds ! »

L'homme hésita un court instant, et sans relever la tête, regarda furtivement vers Ghorban-Ali qui se tenait face à lui, derrière le maire.

« Hashem, réponds à ma question. Oui ou non ?

— Oui… oui, elle l'a dit…

— Regarde-moi dans les yeux et répète ce que tu viens de dire. »

Hashem était lourdaud et fruste. Il ne regardait pas les gens en face quand il leur parlait et baissait la tête dès qu'il était intimidé. La moindre contrariété pouvait le rendre muet pendant des heures. Ebrahim le savait mais souhaitait avoir une réponse claire de cet homme :

« Hashem, regarde-moi bien. Tu n'as pas peur de moi, on se connaît depuis longtemps… je suis comme ton père. Regarde-moi bien et réponds par oui ou par non… »

Le veuf releva lentement la tête, tout en évitant de croiser le regard des deux femmes qui le fixaient.

« Je te pose à nouveau la question. Réfléchis bien avant de répondre : Oui ou non, Soraya t'a-t-elle proposé de se reposer chez toi après le déjeuner ? Oui ou non ? »

Ghorban-Ali fit un imperceptible mouvement de haut en bas de la tête en direction de son ami, geste que Zahra remarqua tout de suite. Elle foudroya du regard le mari de Soraya qui baissa la tête à son tour.

« Oui, Machdi Ebrahim, elle l'a dit... elle voulait le faire comme elle l'a souvent fait... Elle vient toujours chez moi... je n'aime pas ça... elle se couche sur le lit quand il n'y a personne... elle me dit des choses qui me gênent... c'est vrai, je dis la vérité... il faut me croire ! »

Soraya n'en croyait pas ses oreilles :

« C'est faux... jamais je ne suis restée chez Hashem après mon travail... nous gardions toujours la porte ouverte... mon Dieu, mais que dois-je faire pour être crue ? Je le jure devant le Tout-Puissant ; tout ce que vient de dire Hashem est faux ! »

Puis, se tournant vers le veuf, elle lui dit :

« Pourquoi dis-tu ça ?... Tu sais que je t'aime comme mon frère et que Firouzeh était ma sœur. Pourquoi me fais-tu du mal ? »

Un silence pesant s'installa quelques secondes, et sur un nouveau signe de tête discret de Ghorban-Ali, Hashem confirma :

« Machdi Ebrahim, tout ce que j'ai dit est vrai, je le jure : Soraya vient tout le temps chez moi, même quand je n'ai pas besoin d'elle. Ghorban-Ali le sait, je le lui ai dit ; Cheikh

Hassan aussi le sait... je leur ai aussi dit la vérité. »

Puis il baissa à nouveau la tête, comme s'il était soudain honteux de ce qu'il venait d'affirmer.

Ebrahim passa la main dans sa barbe et, ignorant la présence de Zahra et de Soraya, se tourna vers le mari et lui demanda :

« C'est vrai ? tu savais tout ça ?

— Oui, Machdi Ebrahim, mais je ne voulais pas le croire. J'aime ma femme et je ne pouvais pas le croire. Cheikh Hassan m'en a parlé, d'autres également, quand je revenais de Kerman, mais je ne les croyais toujours pas. Il fallait que je le voie de mes propres yeux et que je les surprenne. Je les ai vus aujourd'hui !

— Qu'as-tu vu, dis-le-moi encore ?

— Ils se souriaient, ils se parlaient à voix basse, ils se prenaient la main ; elle s'est penchée sur lui et lui a dit quelque chose à l'oreille, tout ça, quoi... »

Soraya intervint encore une fois :

« Je ne me suis pas penchée sur lui et je n'ai pas parlé à voix basse. Je ne lui ai pas touché la main, mais nous nous sommes peut-être souri, je ne m'en souviens plus. Je souris à tout le monde à Koupayeh, hommes et femmes, quand ils sont bons.

— Soraya, deux hommes ici présents t'accusent d'un comportement indigne d'une épouse et d'une mère de famille. Peux-tu nous prouver le contraire ? »

La jeune femme, prise au dépourvu, bredouilla :

« Prouver... mais comment prouver... je n'ai rien à prouver .. c'est à eux de prouver... où, quand, comment... quelles réponses peuvent-ils donner... Je suis honnête, moi, je n'ai connu qu'un seul homme dans ma vie, c'est mon mari... Je n'ai rien à prouver et si vous dites avec la même méchanceté que je suis enceinte, alors attendez neuf mois et vous verrez que c'est faux... ! »

Cette dernière phrase sembla agacer le maire qui ne s'y attendait pas. Il reprit la parole.

« Soraya, tu ne sembles pas connaître les lois de notre société, telles que notre vénéré imam nous les a dictées il y a quelques années. Quand un homme accuse une femme, elle doit prouver son innocence. C'est la loi. En revanche, si une femme accuse son mari, c'est à elle d'apporter les preuves. Tu me comprends ? On te dit coupable, prouve le contraire et on te croira sans difficulté. »

Alors Zahra sortit de son mutisme :

« Ebrahim. On se connaît trop bien pour se mentir, tu es bien d'accord ? Alors je te dis que tout ça sent le coup monté. Soraya n'a rien à prouver. Elle est honnête, travailleuse, bonne mère et excellente épouse. Depuis la mort de Firouzeh, elle aide la famille de son amie. Et tu voudrais qu'elle prouve qu'elle est fidèle et ne trompe pas son mari. Mais te rends-tu compte de l'absurdité de la situation. Si c'était le cas d'une de tes filles, poserais-tu toutes ces questions stupides ? Certainement pas. Tu sais que Soraya n'a rien fait et tu n'oses pas le dire. Avoue-le ! »

Surpris par l'agressivité de la vieille femme, le maire laissa passer l'orage et répondit :

« Si l'une quelconque de mes filles s'était mise dans cette situation — Dieu m'en préserve — j'aurais agi de même, ne te fais aucune illusion. En tant que maire de ce village, je dois mener mon enquête, que ça te plaise ou non. Cette femme est accusée d'infidélité par son mari et par cet homme que l'on dit être son amant. Cheikh Hassan, notre mollah, serait au courant. Désormais, je suis également au courant et d'autres personnes aussi. Ce sera à nous de juger. »

Et sans prendre congé de la vieille femme, il quitta les lieux, suivi de Ghorban-Ali et de Hashem. Dehors, les villageois qui avaient attendu devant la maison se dispersèrent.

Zahra Khanoum était muette de stupeur et Soraya, épuisée, s'était assise à même le sol. Elle était livide, incapable de bouger ou d'articuler la moindre parole.

Zahra fut soudain prise de panique. Elle connaissait bien Soraya et savait la jeune femme incapable de se défendre. Elle l'avait toujours su. Si on l'accusait de faire une bêtise, quand elle était petite, elle baissait la tête et se laissait punir sans rien dire.

Zahra n'avait jamais accepté la prédominance des mâles dans le village. Elle n'avait pas sa langue dans la poche et nombreux étaient les hommes qui la redoutaient.

Mais depuis la révolution, les hommes étaient devenus tout-puissants dans le pays, et Zahra avait dû s'avouer vaincue et laisser faire.

Toute obstruction de sa part, toute prise de position aurait été mal interprétée et se serait automatiquement retournée contre elle, avec toutes les conséquences imaginables, dans un tel climat de misogynie et de passion !

Le jour où Zahra vit arriver Cheikh Hassan, elle comprit tout de suite que le démon était entré au village et que personne ne l'en délogerait. En peu de temps, le mollah, qui avait une culture certaine, s'était attiré l'amitié et l'intérêt de tous les hommes. Le soir, après le travail, il parlait aux villageois, les éclairant sur leurs droits, leurs prérogatives, leurs privilèges et les limites que les femmes ne devaient désormais pas dépasser. Certains êtres falots se métamorphosèrent en peu de temps, faisant régner la terreur dans les alentours avec leurs couteaux ou leurs frondes.

Des jeunes femmes comme Soraya ou Firouzeh ou Kokab prirent peur et se terrèrent chez elles jusqu'à ce que Machdi Ebrahim eût repris la situation en main. Mais la menace demeurait, face à des hommes pour la plupart oisifs et coléreux, qui avaient trouvé dans un Islam nouveau et purificateur l'élément qui donnait un sens à leurs misérables existences.

Cheikh Hassan sillonnait l'unique rue du bourg tel un messie venu apporter la bonne parole, mais il comprit tout de suite qu'il aurait en Zahra une redoutable adversaire. La vieille femme ne l'autorisa pas une seule fois à pénétrer chez elle et leurs rares conversations se limitaient à des « grâce à Dieu », « avec l'aide de Dieu » ou « Dieu merci ».

Très vite, la septuagénaire fut consciente du danger. Elle savait que Hassan avait fait des avances à Soraya qui avaient été repoussées ; elle savait que Ghorban-Ali avait une liaison en ville et qu'il ferait tout pour répudier sa femme sans avoir à lui rendre sa dot.

« Soraya, maintenant que nous sommes entre nous, dis-moi la vérité. Y a-t-il eu la moindre chose entre toi et Hashem ? »

La jeune femme leva les yeux vers sa tante et avec ce regard candide qu'elle avait toujours eu quand elle ne comprenait pas quelque chose ou qu'elle redoutait un événement, elle lui dit :

« Tante Zahra, comment pouvez-vous me poser une telle question ?

— Je te la pose, car je veux une réponse.

— Jamais, tante Zahra, je n'ai fait quoi que ce soit avec Hashem ou avec un autre homme ; vous le savez et tout le monde le sait. Je n'y ai même jamais pensé car je n'ai pas été élevée par mon père et ma mère pour avoir de telles pensées. Je suis honnête et je le resterai toujours. »

Zahra savait que sa nièce disait vrai. Elle le sut avant même qu'elle eût à répondre.

« Je voulais te l'entendre dire, c'est tout. Je sais que tu dis vrai et que ce ne sont que d'horribles racontars. »

Elle posa la main sur sa tête et la bénit.

« Que Dieu te protège mon enfant, les hommes sont devenus fous aujourd'hui. Ils ne savent plus ce qu'ils font. »

Une rumeur lui parvint. On frappa à la porte. Quand elle ouvrit, elle reconnut quelques femmes du village, revêtues de leur tchador noir. Parmi elles, Sakineh, la femme de Massoud le barbier, et Robabeh, la femme de Karim le tondeur de moutons.

« Ebrahim nous a demandé de rester chez toi. Il va réunir les hommes. Ils vont discuter. »

Zahra se tut. Elle savait ce que cela signifiait : le maire venait de convoquer les hommes de son conseil pour prendre une décision. Elle demanda seulement :

« Qui est avec lui ?

— Il y a Monsieur Lajevardi, Monsieur Ramazani, Ghorban-Ali et ses deux fils aînés, il y a aussi les adjoints du maire Shokrollah et

Mohamad, et Baba Kouré le vieil aveugle qui somnolait près de la rivière. Je crois que c'est tout. »

La justice islamique allait faire son œuvre et rien ne pourrait l'arrêter. Aucune entrave n'était tolérée, pas même celle d'un homme convaincu que Soraya était innocente.

Zahra était pour l'instant à mille lieues d'imaginer que sa nièce n'avait plus que quelques heures à vivre. Aussi loin qu'elle pouvait se souvenir, jamais les décisions du kadkhoda n'avaient été au-delà d'une amende, d'une condamnation pour la forme ou d'un don à la communauté.

*

Des rumeurs se mirent à circuler, incontrôlables. Des messagers venaient frapper à la porte de Zahra et parlaient de décision grave, de punition exemplaire. Des hommes s'étaient amassés devant la maison basse qui servait de mairie. Chacun y allait de son commentaire, si bien que les étals du marché furent délaissés, les échoppes vidées et que tout le monde se réunit sur la place pour discuter.

Zahra Khanoum envoya une des femmes se mêler à la foule. Quand celle-ci revint, elle dit tout bas à Zahra que la population exigeait la mort. Immédiatement, la vieille femme sépara l'accusée des autres femmes et s'enferma avec elle dans la pièce qui lui servait de chambre à coucher. Elle n'avait que très peu de temps pour l'avertir de ce qui se préparait et de l'éventualité d'une peine lourde. Zahra Khanoum ne dit jamais par la suite quelle fut la réaction de Soraya et ce qui se passa dans la chambre avant que le kadkhoda ne vienne lui-même annoncer la décision du tribunal. La seule chose qu'elle dit c'est que la jeune femme resta apparemment paisible et ne chercha pas une seule fois à se disculper.

« Je la savais innocente du crime dont on l'accusait. Elle n'avait pas besoin de me le dire. Tout le monde le savait ici, mais rien ne pouvait arrêter cette machine diabolique que les hommes avaient mise en branle. »

Quand on demanda à Zahra pourquoi elle avait donné à la jeune femme sa plus belle robe blanche qu'elle gardait depuis des dizaines d'années soigneusement rangée, elle dit encore :

« Soraya s'était modestement habillée pour faire son marché ce matin-là. Devant la certitude qu'on ne la laisserait plus retourner chez elle une fois le verdict prononcé, je voulais qu'elle se présentât dignement devant ses bour reaux. Cette robe m'avait appartenu et je la gardais pour une circonstance exceptionnelle. Personne ne l'avait portée sauf moi, pas même mes enfants à l'occasion de leurs mariages. Reconnaissez que cette circonstance était exceptionnelle ! »

Les femmes en tchador noir se mirent à prier et à pleurer. Elles se retrouvaient pour toutes les cérémonies de deuil et avaient l'habitude de psalmodier ensemble.

La colère des hommes enflait à mesure que le temps passait. De nouveaux cris hostiles furent entendus en début d'après-midi : « fille de chienne », « dévergondée », « femme perdue ».

Un peu plus tard, on entendit « à mort » et « lapidation ». Quelques pierres furent jetées en direction de la maison de Zahra, puis le silence se fit. Il dura quelques instants ; on frappa à la porte. Une des femmes alla ouvrir. Maryam, la femme du puisatier Saïd, et Akram, celle du boucher Mehdi, se tenaient sur le seuil :

« Les hommes ont terminé. »

Et elles repartirent.

5

La porte de bois s'était ouverte.

Un long murmure monta de la foule. Quelques cris hostiles fusèrent, étouffés par une salve d'applaudissements. La quasi-totalité des habitants de Koupayeh s'étaient rassemblés spontanément, abandonnant maisons et boutiques pour venir aux nouvelles.

Depuis une heure, sous un soleil accablant, les villageois commentaient les événements de la matinée.

Le kadkhoda apparut. Puis Cheikh Hassan et un petit homme voûté qui s'appuyait sur une canne, le visage très ridé parcouru par une ample barbe blanche, mal taillée.

En bas du perron, Ebrahim et Hassan s'étaient tournés respectueusement vers lui...

D'une voix légèrement tremblante, le vieillard dit :

« Mahkoum ! »

Un immense cri s'éleva et on entendit même le bruit d'une arme à feu. Des chiens, effrayés par tant de vacarme, aboyèrent. Des bras se levèrent en signe de ferveur. Des hommes applaudirent.

« Coupable !... elle est coupable... ! »

Les hurlements décuplèrent, tandis que le vieil homme descendait avec peine les marches qui le séparaient du maire et du mollah. Ils le soutinrent et la foule s'écarta. Morteza venait de condamner sa propre fille, Soraya.

Le silence se fit à nouveau. Un quatrième personnage venait d'apparaître, Ghorban-Ali.

Lentement, il leva la main droite et attendit le silence. D'une voix grave et calme, il dit :

« Sang sâr ! »

L'hystérie s'empara de la population, des insultes fusèrent et des gens se mirent à danser.

L'homme hurla à son tour, comme pris par la folie collective :

« Sang sâr... sang sâr ! »

Et la foule reprit avec lui :

« Sang sâr.... sang sâr... ! »

Ghorban-Ali venait de condamner sa femme à être lapidée. Il semblait radieux. Hilare et souriant, il descendit lentement les trois marches qui le séparaient de l'assistance. Des hommes lui tapèrent avec vigueur et affection sur les épaules, d'autres l'embrassèrent, des enfants s'agrippèrent à sa chemise. Des bras s'emparèrent de lui et le soulevèrent du sol.

La fête pouvait commencer et le rituel s'accomplir.

On ne prêta même pas attention aux autres hommes qui sortirent de la maison de briques rouges : les deux fils aînés de Ghorban-Ali, deux rudes gaillards de seize et dix-huit ans, les deux adjoints au maire et l'aveugle que l'on guida lentement à travers la foule en ébullition.

« Sang sâr... sang sâr... sang sâr ! »

L'étrange procession descendit la rue du village et s'arrêta près de la fontaine. Le soleil tapait fort et une odeur de sueur, de poussière et de passion haineuse flottait dans l'air.

Hommes hirsutes, femmes en tchador et enfants agités s'arrêtèrent autour des neuf hommes qui venaient de rendre leur jugement.

Machdi Ebrahim exigea à nouveau le silence. L'air était irrespirable tant la chaleur était pesante.

« Taisez-vous, je vous prie ! »

Par trois fois, le kadkhoda dut calmer la foule.

« Mes amis, nous sommes maintenant réunis

devant la maison de notre très cher Morteza Ramazani, l'homme le plus triste, le plus humilié et le plus seul que la terre puisse porter... »

Un grondement s'éleva de la foule en colère :

« C'est vrai... c'est vrai... tu as raison... »

Ebrahim réclama une fois encore le silence :

« Écoutez-moi... je vous en prie... écoutez-moi... »

Le calme se fit à nouveau :

« Morteza Ramazani est notre ami et notre voisin depuis de très longues années. Son père et son grand-père sont nés ici. Ses enfants et ses petits-enfants sont nés ici. Toute sa famille est enterrée ici et aucun de ses membres n'a jamais quitté notre village... »

La foule reprit :

« C'est vrai... c'est vrai... »

Machdi Ebrahim leva à nouveau son bras :

« L'honneur de notre ami Morteza a été gravement souillé. »

Le maire reprit :

« Non seulement son honneur a été gravement souillé, mais aussi celui de tout notre village, de nos familles... »

Le bourg tout entier hurla :

« C'est vrai... c'est vrai... »

La foule se calma.

« Il y a pire que cela encore. L'honneur de Morteza Ramazani ne concerne que lui et les siens. L'honneur de nos familles et de notre village ne concerne que nous et nous saurons le retrouver. Mais je vous le dis, il y a pire : c'est l'honneur de Dieu qui a été bafoué et l'honneur de l'imam ! »

Deux cent cinquante personnes vociféraient, des femmes pleuraient, des hommes grondaient et des enfants se frappaient la poitrine en signe de pénitence. Gémissements et cris hostiles se mêlaient.

« Il faut tuer cette putain... A mort... A mort ! »

Machdi Ebrahim réclama une fois de plus le silence. Il dut s'y reprendre plusieurs fois, tant les esprits étaient surchauffés.

« C'est dans cette maison que nous connaissons tous que vit Morteza Ramazani et toute sa famille. C'est dans cette maison qu'il est né, il y a bien longtemps déjà et c'est dans cette maison qu'il a grandi avec les siens dans l'honneur et le respect de Dieu... »

La foule l'interrompit :

« Louanges à Dieu, le clément, le miséricordieux !

— C'est devant cette maison que nous respectons infiniment que nous allons vous lire le jugement que nous avons prononcé et qui rendra à Morteza et aux siens leur honneur.

— Le jugement... le jugement... le jugement... »

Les regards devinrent haineux, quelques poings s'étaient dressés. Les femmes se cachaient derrière leur voile, comme si soudain la honte collective s'était abattue sur elles.

« A mort... à mort... tout de suite... »

Ebrahim obtint le silence :

« Mes amis, je vous comprends, mais tout ça doit se faire selon les lois de ce pays et celles qui ont été édictées par notre vénérable imam.

— Il a raison... il a raison... » hurlait la population qui avait perdu tout contrôle.

La foule reprit :

« Elle ne doit plus vivre... la mort tout de suite ! »

Machdi Ebrahim ne parvenait plus à calmer ses administrés. Il les connaissait tous et en regardant ces visages déformés par la passion, il eut du mal à reconnaître les habitants du village qui, le matin même, s'étaient éveillés très tôt pour le marché hebdomadaire. Face à lui, à moins d'un mètre, Mehdi le boucher, un cousin de sa femme, d'habitude si doux et blagueur, était hors de lui. A ses côtés, Rassoul le charpentier gesticulait et hurlait qu'il fallait immédiatement exécuter la coupable, car il avait du travail à terminer avant la tombée de la nuit.

« Mes amis, pour la grâce de Dieu tout-puissant, écoutez-moi... »

Mais les vociférations reprirent, plus violentes, plus menaçantes aussi.

« Mes enfants... mes enfants... »

Enfin, le calme revint. Le maire savait qu'il devait faire vite, car à tout instant quelques provocateurs étaient capables d'emmener la foule vers la maison où se trouvait Soraya, gardée seulement par quelques femmes âgées et en prières.

« Écoutez-moi, je vous en prie, écoutez-moi... »

Machdi Ebrahim avait sorti d'un vieil étui une paire de lunettes rondes aux branches souples, dont l'une était tenue par du sparadrap. Il passa le revers de la main droite sur son front afin d'en éponger la sueur. Un très léger tremblement agitait son autre main.

« Je lis... »

Les esprits se calmèrent, le silence fut total A ses côtés, Cheikh Hassan et Morteza Ramazani se redressèrent un peu. Une poussière ocre et puante était en suspension dans l'air. Pas le moindre souffle de vent, pas la moindre brise de la montagne. Le filet d'eau de la fontaine semblait même s'être tu.

« Au nom de Dieu le Clément, le Miséricordieux... »

Et les villageois reprirent tous ensemble :

« Louanges à toi, ô Seigneur tout-puissant et juste, louanges à toi.

— Aujourd'hui, le 6 du mois de mordad de l'année 1365 *, le conseil municipal de Koupayeh s'est réuni au grand complet sous ma présidence et en présence de mes deux adjoints Shokrollah Jalili et Mohamad Ghorbani.

« La séance a duré quarante minutes. La décision a été prise à l'unanimité. Chacun des membres du conseil a pu exposer son point de vue. Personne n'a tenté de défendre l'inculpée. Nous avons tous décidé que la coupable Soraya Manoutchehri...

— Honte à son nom ! Honte à son nom ! »

Les hurlements reprirent, il y eut un début

* Il faut ajouter 621 années au calendrier de l'Hégire pour obtenir l'année du calendrier chrétien — il s'agit ici du 15 août 1986.

de bousculade, des femmes gémirent, des enfants crièrent.

« Ne prononcez plus ce sale nom... ! Mort pour la putain ! Finissons-en tout de suite ! »

Une pierre jetée par une main anonyme frappa le vieux Morteza Ramazani en pleine poitrine. L'homme tomba lentement et le silence se fit à nouveau.

« Qui a osé frapper cet homme ? Dénoncez-vous ! Qui a jeté cette pierre ? »

La foule, honteuse, baissait la tête. On installa le vieillard contre la fontaine et une voisine lui apporta un coussin afin qu'il pût appuyer sa tête contre la margelle.

« Ce n'est rien, murmura-t-il, ce n'est rien. Juste une petite douleur ici, à droite... Ce n'est rien... continuez... ne vous occupez pas de moi... »

Le maire, qui s'était agenouillé près de l'homme blessé, se releva lentement et, pointant son doigt vers les villageois calmés, ajouta :

« Vous avez blessé notre ami une seconde fois en quelques heures. Dieu ne vous le pardonnera pas. Alors qu'il a été humilié par sa fille, vous l'avez frappé à nouveau cet après-midi. Qu'a-t-il donc fait pour mériter un tel sort, lui le bon, le juste et dont la porte de la maison nous est toujours ouverte ? »

C'est à ce moment qu'intervint pour la première fois Cheikh Hassan. Jusqu'à présent, il n'avait rien dit, se contentant d'écouter le maire et les cris de ses administrés. Il pointa son index vers la foule, fixant un groupe particulièrement agité :

« Toi, là-bas... oui, toi, avec la chemise noire... Avance ! »

La foule s'écarta.

« Avance... plus vite ! »

Un adolescent d'une quinzaine d'années approcha à pas lents vers le mollah, qui tenait toujours le bras tendu dans sa direction.

« Tu es bien le fils de Yadollah le berger ? »

Le jeune homme tardait à répondre.

« Réponds : tu es le fils de Yadollah le berger ?

— Oui, dit-il d'une voix sourde en baissant encore plus la tête.

— Alors pourquoi as-tu frappé Morteza Ramazani avec cette pierre ? »

Après une seconde d'hésitation, l'enfant répondit :

« Ce n'est pas moi... je vous le promets, ce n'est pas moi. »

Avant qu'il pût terminer sa phrase, la main baguée du religieux s'abattit violemment sur sa joue. L'adolescent tomba en arrière et s'affala dans la poussière, on le redressa. Un très mince filet de sang coulait de sa bouche.

« Non seulement tu as le cœur dur, mais tu es un menteur ! J'ai honte pour toi et j'ai honte pour ta famille. Heureusement que ton père n'est pas là en ce moment et qu'il garde son troupeau dans la montagne, car je suis certain qu'il t'aurait frappé encore plus fort que moi... »

Puis, se calmant, le mollah reprit :

« Pourquoi as-tu jeté cette pierre ?

— Ce n'est pas moi... je n'étais pas le seul... Ali et Rahim ont aussi jeté des pierres... ce n'est pas moi... »

Un autre coup, tout aussi violent, atteignit l'enfant ; sa lèvre éclata.

« Pitié... pitié... ne me frappez plus ! Oui, c'est moi qui ai jeté la pierre... Pardonnez-moi. »

L'enfant fut traîné hors de la foule et jeté sur le tas d'ordures où volaient des centaines de mouches.

Le maire, qui n'avait pas bronché, reprit sa lecture :

« ... à l'unanimité nous avons décidé que la coupable Soraya Manoutchehri serait lapidée avant la fin du jour jusqu'à ce que mort s'ensuive... »

Les cris hostiles et les manifestations de joie reprirent de plus belle.

« Mort à la putain... mort à la prostituée... »

Machdi Ebrahim réclama à nouveau le silence :

« Ça ne sert à rien de crier. Tout sera fait légalement, comme le Coran nous y autorise et comme la loi nous l'impose... Dieu tout-puissant nous ordonne de faire justice nous-mêmes car nous avons tous été souillés par cette femme et parce que sa famille réclame vengeance...

— Vengeance... vengeance... Dieu réclame justice et vengeance... !

— Mes amis ! Écoutez-moi ! Je vous en prie, écoutez-moi : vous aurez votre vengeance, chacun d'entre vous, le moment venu, mais je vous le répète, tout sera fait selon la volonté de Dieu et selon les désirs de notre très vénéré imam...

— Que Dieu lui accorde une longue vie ! » hurla la foule.

Ebrahim ôta ses lunettes, les remit avec minutie dans leur étui et poursuivit :

« Il n'y a jamais eu de lapidation dans notre village. Tout le monde y a toujours vécu honorablement. Mais je sais qu'une femme a été lapidée l'année dernière pas très loin d'ici à Khajeh Asghar et une autre l'année précédente à Shahré Babak. Un de mes amis de Kerman m'a décrit comment ça s'est passé. Nous ferons de même...

— Tout de suite, réclama un homme au premier rang.

— Il a raison, tout de suite, ajouta un autre.

— La cérémonie aura lieu sur la place, en bas, dans une heure, afin que tout le monde puisse venir. En attendant, je dois aller lire la sentence à Soraya...

— Ce n'est pas nécessaire, on va aller la chercher tout de suite. Il n'y a plus de temps à perdre... cria un borgne qui tenait une pierre à la main. Je suis prêt, je jetterai moi-même la première pierre, une seule suffira, c'est ainsi que je tue les lapins, du premier coup !

— Nous ferons comme je viens de le dire, comme Dieu nous le demande, comme notre vénéré imam nous y autorise et comme Morteza le souhaite. Maintenant, retournez calmement chez vous. Dans une heure, Soraya sera conduite sur la place. Pour l'instant retournez à votre travail, je ne veux plus voir personne. Dans une heure, je ferai retentir la cloche. Alors seulement, vous viendrez. Pas avant. »

La foule se dispersa lentement, les femmes rentrèrent chez elles, les hommes dans leurs échoppes et les enfants s'en allèrent jouer dans le pré voisin.

Machdi Ebrahim et Cheikh Hassan avaient maintenant la charge d'annoncer à Soraya qu'elle n'avait plus que peu de temps à vivre. Tout le village le savait, sauf elle et les femmes qui la gardaient.

C'était la première fois dans l'histoire du bourg que le maire avait une telle mission à accomplir. Il s'en sentait fier, mais inquiet aussi. Il savait, depuis que la révolution avait triomphé dans son pays, que les tribunaux avaient envoyé des milliers de personnes aux poteaux d'exécution. Il écoutait la radio officielle deux fois par jour et entendait les noms des condamnés qui avaient offensé Dieu et l'Imam. Il savait qu'à Kerman, les tribunaux révolutionnaires ne chômaient pas depuis plus de six ans. Mais, jamais encore il n'avait voté la mort. Jamais il n'avait organisé une exécution capitale.

6

Une heure s'était écoulée depuis que les hommes étaient sortis de la mairie pour rendre leur verdict.

Dehors, tout était calme. Le soleil commençait à décliner et une légère fraîcheur gagnait la pièce qu'Ebrahim et Hassan venaient de quitter.

Dans la chambre voisine, les pleureuses avaient repris leurs jérémiades, entrecoupées de versets du Coran.

Zahra se pencha vers la condamnée et lui murmura :

« Ma douce Soraya, jusqu'au bout, je serai à tes côtés, et jusqu'au bout, je te donnerai mon estime et mon affection. Mais que puis-je d'autre ? C'est la loi des hommes, c'est la loi que font les hommes et ils disent que c'est la loi de Dieu. Ils t'ont reconnue coupable alors que tu ne l'es pas. Ils t'ont condamnée alors que tu es innocente mais personne ne peut le prouver, ni toi, ni moi, ni les braves femmes qui sont à côté. »

Soraya comprit soudain combien le silence qu'elle s'était imposé depuis des mois avait joué contre elle. Lui venait tout d'un coup le désir violent de s'expliquer, de se justifier, de hurler son innocence. Mais elle savait qu'il était trop tard et que personne, parmi ceux qui l'avaient condamnée, ne voudrait la croire. Pourtant elle avait encore peine à imaginer que cette grossière machination pût la mener à la mort.

A Zahra qui était à ses côtés Soraya pouvait tout dire.

« Tante Zahra, je n'ai pas peur de la mort. Je suis déjà morte depuis longtemps, depuis que ma mère est morte, depuis que Ghorban-Ali m'a humiliée, frappée, délaissée pour d'autres femmes... »

Un sanglot interrompit sa phrase. Elle se laissa tomber sur le sol, presque évanouie. Zahra s'agenouilla auprès d'elle, lui prit la tête entre ses bras et lui baisa le front :

« Mon enfant... mon petit enfant... pleure, pleure sans honte. Il n'y a personne pour te voir, ni t'entendre ici... Laisse-toi aller, pleure... »

A côté, le chœur des femmes reprit de plus belle :

« Ô Dieu tout-puissant... Ô Mahomet... Ô Dieu bien-aimé... Ô Prophète miséricordieux... »

« Tante Zahra, je ne veux pas vous quitter, je ne veux pas quitter mes enfants, ma petite Khojasteh n'a pas encore sept ans... je ne veux pas quitter cette vie et pourtant je n'ai pas peur car je sais que je vais retrouver ma chère maman qui me manque tellement. Tante Zahra, prenez soin de mes enfants, surtout de la petite, elle est si fragile... »

Les sanglots de Soraya reprirent, entrecoupés de paroles hoquetées :

« Tante Zahra, promettez-moi que vous lui direz un jour, quand elle sera plus grande, qui j'étais et ce qu'on a fait de moi, afin qu'elle n'ait jamais honte de sa mère. Promettez-le-moi... »

La vieille dame, émue à son tour, répondit :

« Ma chère enfant, tes enfants, surtout les derniers, vivront auprès de moi et ne manqueront jamais de rien. Tes enfants seront les miens et jamais personne ne pourra me les retirer. Dieu est mon témoin : mon toit sera leur toit. »

En disant ces mots, Zahra savait cependant qu'elle n'incluait pas les deux fils aînés de Soraya dans sa promesse. L'un et l'autre vivaient dans le sillage de leur père et se livraient, avec sa bénédiction, à toutes sortes de trafics et de combines.

Hossein-Ali, l'aîné, était la réplique de son père : même visage carré, yeux enfoncés, un très léger duvet de barbe et de moustache et une nuque impressionnante pour un garçon de son âge. Il avait suivi les cours de l'école pendant trois ans, se distinguant par ses absences et son insoumission.

Très vite, il se fit remarquer par des bris de vitres, de petits larcins, des vols de poulets et de lapins qu'il égorgeait et faisait rôtir dans un coin de montagne, et des bagarres avec des garçons de son âge.

D'abord, son père le réprimanda, lui administrant quelques coups dont il gardait encore aujourd'hui une vilaine cicatrice derrière l'oreille droite. Mais plus on le frappait, plus il récidivait. Endurci, hargneux et violent, il partageait son temps entre les champs, les étables, la forêt voisine et la maison familiale où il venait se ravitailler et dormir.

Hassan-Ali, son cadet de deux années, était

tout le contraire. Il avait les traits plus fins, les pommettes moins saillantes, le teint plus clair. Bon élève, il se montrait doux, aimable et affectueux.

Toujours serviable, il aidait sa mère et les voisins à porter les fardeaux, remplir les seaux au puits, rentrer ou traire les bêtes. Mais avec la fermeture de l'unique classe du village et le renvoi des élèves, il fut livré à lui-même et aux mauvais tours de son aîné.

Il ne volait pas, mais participait passivement aux opérations de son frère, complice muet et amusé.

Quand on leur demanda d'assister leur père au procès de leur mère, ils trouvèrent cela naturel et levèrent le bras à deux reprises quand il fallut la déclarer coupable...

Zahra Khanoum était assise à côté de sa nièce. Elle priait à voix basse, le buste et la tête légèrement inclinés. Ses lèvres bougeaient, mais sa voix était à peine audible. Ses yeux ouverts fixaient Soraya, dont l'extrême pâleur lui fit soudain peur. Elle interrompit ses litanies, se redressa et demanda :

« Soraya... Soraya... m'entends-tu ? »

La condamnée restait muette, comme absente.

« Soraya... mon enfant... tu m'entends ? »

La jeune femme la regardait, impassible, absente.

Zahra tendit la main et la posa sur l'épaule de sa nièce.

« Réponds-moi... m'entends-tu ? »

Alors seulement, la jeune femme baissa les yeux et deux larmes glissèrent le long de ses joues.

Zahra serra Soraya dans ses bras, au mépris de toutes les conventions locales qui voulaient que l'on ne touche pas une condamnée, quelle que fût sa peine.

« Tante Zahra, j'ai vu ma mère. Elle était assise sous un arbre et me tendait les bras. Elle m'a souri et m'a dit : " Enfin, mon enfant, te voilà enfin, ça a été si long. " »

Les sanglots se firent plus violents et les pleureuses cessèrent un instant leurs lamentations.

Un coup retentit sur le carreau de la fenêtre de la maison, puis un autre. Une voix se fit entendre :

« Zahra Khanoum, c'est l'heure. Machdi

Ebrahim m'a dit de vous prévenir... il faut venir... »

Zahra fut la première à se lever, puis elle aida sa nièce à se redresser. Derrière elles, cinq ombres de noir vêtues attendaient sur le seuil de la chambre, continuant de prier à voix basse. On frappa une nouvelle fois, un peu plus fort :

« Zahra Khanoum, m'entendez-vous... ? c'est le moment de venir... on vous attend... »

La doyenne prit le bras de sa nièce et se dirigea avec elle vers la porte ; les autres femmes suivaient. Zahra et Soraya se regardèrent.

Et tout en ouvrant le battant, Zahra lui murmura :

« Courage mon enfant, tu es innocente et Dieu le sait... Dieu le sait... »

Elle ouvrit la porte avec précaution.

Une bouffée d'air brûlant lui gifla le visage ; la lumière était aveuglante et le silence total. Zahra apparut la première sur le seuil de la maison, son tchador noir sur la tête, mais le visage découvert. Ses rides et sa peau tannée lui donnaient l'air d'une sorcière. Elle faisait peur, et imposait le respect.

Cinq cents yeux la regardaient.

Et tout à coup ce fut l'hystérie, la bousculade

et des cris. Des poings se dressèrent. Soraya venait d'apparaître derrière Zahra, sous son tchador, le visage entièrement caché. Les sept silhouettes sombres se tenaient immobiles dans la moiteur de cet après-midi d'été. Six visages nus et une face voilée attendaient, figés, que Machdi Ebrahim, le maître de cérémonie de cette journée exceptionnelle, décide de la suite des événements.

En une seconde les cris cessèrent. Le maire, hissé sur un escabeau, prit la parole :

« L'heure est arrivée... le jugement doit être exécuté ! »

Un murmure parcourut la foule. Une voix, plus forte que les autres, hurla :

« Tout de suite... tout de suite... ! »

Une autre répondit, comme l'écho :

« Oui, tout de suite... »

Et une autre :

« Il a raison... ça a assez duré... qu'on en finisse vite !... »

Ebrahim leva le bras droit et attendit que tout se calmât :

« Nous avons eu une rude journée et elle n'est pas encore terminée. Nous allons tout faire selon les règles de la loi. Monsieur Lajevardi, qui est ici à côté de moi, insiste pour que tout se déroule en accord avec la Constitution de notre pays et les lois de l'Islam. »

Puis se tournant vers Zahra Khanoum, il dit avec ostentation :

« Faites avancer la coupable, je vous prie. »

La vieille dame marqua un court instant d'hésitation, se tourna vers Soraya et lui dit doucement :

« Sois forte… regarde droit devant toi… reste la tête haute car tu es innocente… »

Les deux femmes, suivies des cinq autres, s'avancèrent au milieu de la foule qui s'écartait sur leur passage. Pas le moindre bruit.

Les premiers crachats fusèrent, suivis d'insultes et de cris. Puis il y eut des coups, des poings levés, même sur les pleureuses. Seule Zahra Khanoum était épargnée.

Soraya avançait dans le sillage de la vieille femme, pratiquement collée à elle.

Du haut de son escabeau, Ebrahim voyait tout, mais n'intervint pas. Il savait que ce serait inutile. La foule avait attendu depuis si longtemps qu'elle avait bien le droit de se laisser aller. Soudain, un poing heurta la nuque de Zahra. Elle s'arrêta net, se releva et fixa l'auteur du geste :

« … fils de pute… tiens, voilà pour toi ! »

Elle lui administra une gifle retentissante. La foule se mit à rire ; la tension tomba quelques instants. La procession s'achemina vers le centre de la place.

Derrière, les cinq pleureuses avaient repris leurs incantations et leurs mélopées :

« Dieu tout-puissant, pardonnez nos fautes… ô Mahomet, ayez pitié de nous… »

Puis le sinistre cortège s'arrêta devant l'escabeau. Machdi Ebrahim en descendit avec l'aide de Cheikh Hassan. Un cercle se fit autour des femmes et des juges islamiques. Chacun voulait voir de plus près ce qui allait se passer et entendre les derniers mots de la jeune femme qui allait être mise à mort dans moins d'une demi-heure.

D'un geste lent et emphatique, le maire pria le groupe de femmes de reculer afin que Soraya fût seule face à ses bourreaux. On aurait dit que, en quelques heures, ce personnage falot était devenu un autre homme. On avait l'impression qu'il s'était redressé, qu'il n'avait plus besoin de sa canne pour marcher. Quant à Cheikh Hassan, avant cette cérémonie, il avait éprouvé le besoin d'aller chez le barbier. Seul Morteza, le père outragé, témoignait de son accablement par le désordre inhabituel et la saleté de ses vêtements.

Le brouhaha reprit, plus fort encore :

« A mort ! à mort ! »

Ebrahim laissa faire. Les cris hostiles firent remonter la tension : rien de mieux pour une mise à mort. Il voulait qu'on n'oublie jamais l'événement et que les échos de ce jugement de Dieu se répandent dans la vallée et dans toute la province. Pourquoi pas jusqu'à la capitale ?

Et si l'imam entendait parler de cette cérémonie et de ce sacrifice fait en son nom ? Quel honneur !

Alors, autant le faire selon les règles.

« Soraya Manoutchehri, nous t'avons jugée en toute équité et en toute loyauté et la décision a été rendue. Tu la connais...

— La mort !... la mort !... la mort...

— Tu as entendu ? La justice de notre pays t'a condamnée à être mise à mort...

— Tout de suite ! tout de suite !... Écartez-vous, qu'on commence enfin... ! »

Des bras se levèrent, effectivement armés de pierres, de gourdins, d'outils aussi. La foule se fit menaçante. Des rires sarcastiques et des sifflets fusèrent. Le maire savait qu'il devait faire vite, sinon il allait être dépassé par les événements et par l'agressivité de quelques enragés.

« Je vous l'ai déjà dit : tout doit se passer légalement, et Monsieur Lajevardi ici présent surveillera l'exécution de la sentence afin que l'on ne puisse jamais nous reprocher d'avoir agi contre la loi de Dieu et les volontés de notre imam bien-aimé.

— Rendons-leur grâce... longue vie à l'imam... Dieu protège notre guide... »

La foule parut se calmer. Mais chaque mot, chaque geste de trop pouvait à tout instant l'enflammer et déchaîner les passions. Sur un regard du maire, Cheikh Hassan prit la parole :

« Mes amis, vous me connaissez bien maintenant. Je suis devenu un des vôtres. Je ne vis pas dans ce beau village depuis longtemps, mais Dieu tout-puissant m'a envoyé vers vous, et jamais plus je ne quitterai Koupayeh qui est pour moi le paradis sur terre... »

Des applaudissements ponctuèrent ces paroles. Hassan avait compris qu'il fallait flat ter ces gens frustes et illettrés s'il voulait mener sans problème la cérémonie à son terme.

Ces paysans venaient à une lapidation comme ils auraient assisté à la visite d'un ayatollah ou naguère à celle d'un prince de l'ancien régime. C'était un divertissement. Une fois la pièce jouée, chacun retournerait à ses travaux quotidiens.

Seuls les vieux commenteraient l'événement à la veillée, en s'apitoyant.

« Cette femme — le mollah montrait Soraya d'un index menaçant — a souillé votre village et cette souillure exige réparation. Cette réparation, c'est vous qui allez l'obtenir en appliquant la parole de Dieu...

— Sang sâr... sang sâr... !

— Oui mes amis, vous avez raison, chacun à votre tour, les uns après les autres, vous allez pouvoir laver l'offense, en lui jetant votre pierre. A chaque pierre jetée, votre honneur vous sera rendu et ainsi jusqu'à ce qu'elle ait totalement expié sa faute...

— Sang sâr... sang sâr ! »

Cheikh Hassan reprit :

« Allez tous chercher des pierres ; allez et revenez vite... on ne commencera pas avant que tout le monde ne soit armé... »

Quelques dizaines d'individus se dispersèrent rapidement aux quatre coins du village pour saisir leurs armes de mort. On en prit dans le lit du torrent, on retira des briques d'un mur en ruine, des tuiles d'un toit effondré. On vit même une demi-douzaine d'hommes démolir le mur d'une maisonnette en construction pour ne pas revenir les mains vides !

En moins de dix minutes, le cercle s'était refermé. Au premier rang se trouvaient toujours Zahra Khanoum et les pleureuses, Ghorban-Ali, le mari bafoué, entouré de ses deux fils aînés, Hossein-Ali et Hassan-Ali, les deux adjoints d'Ebrahim, Shokrollah Jalili et Mohamad Ghorbani, et le vieil aveugle.

Devant eux, toujours voilée, Soraya Manoutchehri savait que c'était la fin.

Elle ne bougeait pas. Elle se tenait à moins d'un mètre du kadkhoda, du mollah et de son père.

La cérémonie pouvait commencer.

« Qui a une pioche ? Qui a un pieu ? »

Machdi Ebrahim cherchait du regard Rassoul le charpentier.

« Moi ! cria une voix d'homme au milieu de la foule.

— Moi aussi ! » hurla un autre.

Puis d'autres se firent entendre.

« Avancez, ordonna le maire, venez devant moi. »

Une demi-douzaine de villageois entrèrent dans le cercle qui dut s'agrandir pour que tout le monde puisse y prendre place. Les volontaires réjouis se tenaient derrière Soraya. Tous avaient leur outil à la main et une pierre dans l'autre. Il y avait là, en dehors de Rassoul, Majid et Mohsen les fils du boucher, Asghar, Rahmatollah et Ali-Akbar, des cousins de Ghorban-Ali. Ils étaient toujours bénévoles pour les gros travaux dans le village : ils déchargeaient les rares camions qui venaient de la ville avec les bonbonnes de gaz, les fûts de pétrole ou les énormes sacs de ciment ou de riz, ils reconstruisaient le petit pont qui enjambait le torrent quand les crues l'emportaient, ils abattaient les arbres, déplaçaient les pierres ou égorgeaient les moutons les jours de sacrifice.

« Vous êtes tous volontaires ?

— Oui », répondirent-ils en chœur.

Ebrahim désigna Rassoul et sa pioche.

« Viens, suis-moi... vous, écartez-vous... »

Le cercle des villageois s'ouvrit et laissa le passage au kadkhoda et aux fossoyeurs. Pendant ce temps, la femme adultère demeurait immobile, telle une statue noire.

Machdi Ebrahim désigna du doigt un emplacement à l'autre extrémité de la place, juste à l'endroit où s'arrêtait l'autocar de Kerman. Le sol y était dur et rocailleux. Quelques rares brins d'herbe sauvage poussaient çà et là et des scorpions dormaient au soleil.

« Là, montra Ebrahim, creuse ici », ordonna-t-il à Rassoul. Le charpentier cracha dans ses mains, empoigna sa pioche et regarda la foule.

Rassoul poussa un vigoureux « Ya Allah ! » et s'arc-bouta. L'homme frappa de toutes ses forces. Vingt fois, trente fois, il enfonça la pioche dans la terre, invoquant le nom de Dieu pour se donner du courage.

Dix minutes plus tard, le trou avait une cinquantaine de centimètres. Rassoul se redressa un court instant pour reprendre son souffle et cogner à nouveau. Ebrahim l'arrêta d'un mouvement du bras.

« Ça va, c'est bien, repose-toi... »

Puis se tournant vers les deux fils du boucher :

« Qui veut y aller ? »

Mohsen s'avança le premier et prit la pioche des mains de son frère. « Ya Allah ! » hurla-t-il à son tour.

Rapidement, le trou grandit. La terre changeait de couleur et prenait des teintes plus sombres. Sur un autre signe du maire, il donna sa pioche à Majid qui soutint la même cadence.

En une vingtaine de minutes, un trou de près d'un mètre fut creusé.

« C'est ton tour, Asghar, déblaie-moi ça. »

L'homme s'empara d'une pelle. Quand il eut terminé, le maire fit à nouveau appel à Rassoul, puis aux deux frères. Le trou atteignait désormais un mètre vingt.

« Ça suffit comme ça ? demanda Majid.

— Encore un peu, dix ou quinze centimètres... ensuite ça ira. »

Une nouvelle fois, Asghar vida le trou avec sa pelle. Puis ce fut le tour de Rahmatollah et d'Ali-Akbar.

Enfin Machdi Ebrahim sembla satisfait.

« C'est bien, allez poser vos instruments et suivez-moi. »

Le maire et ses acolytes regagnèrent le cercle des villageois. La population, fascinée, était restée silencieuse. Le soleil avait un peu décliné et une petite brise s'était levée, apportant une illusion de fraîcheur aux hommes et aux femmes de Koupayeh. Cheikh Hassan était demeuré impassible pendant qu'on creusait le trou. Soraya lui faisait face et le regardait, protégée par son voile noir. Elle le dévisageait avec mépris, interdite, ne parvenant pas à comprendre comment un tel imposteur avait pu la mener au seuil de la mort. Depuis le jour où, ayant manœuvré pour obtenir la maison de l'arbab, il s'était installé dans le village, la jeune femme avait appris à le connaître. Plusieurs fois, profitant de son autorité de mollah — Soraya n'avait jamais réussi à croire en la sincérité de ses déclarations de foi —, il avait tenté de l'attirer dans sa demeure, aux heures creuses de l'après-midi, tandis que son époux Ghorban-Ali était à la ville et que le reste du village travaillait aux champs. D'autres fois, sachant qu'elle était seule, il avait tenté de se faire inviter chez elle afin, disait-il, de lui parler de Dieu et du rôle des femmes dans la jeune république... Jusqu'au jour où, de force, il finit par entrer dans sa maison mais en fut chassé par l'arrivée impromptue de Zahra Khanoum.

Cheikh Hassan, debout, le Coran à la main, la fixait lui aussi derrière ses lunettes noires. Il n'avait pas oublié l'affront qu'elle lui avait fait subir en refusant ses avances. Elle avait osé lui résister et voilà où ça la menait. Pourtant à trente-cinq ans passés — et encore très belle —, sur le point d'être abandonnée par son mari qui proclamait à qui voulait l'entendre qu'il allait épouser une jeune fille de la ville, qu'aurait-elle pu rêver de mieux ?

Elle avait été stupide de refuser et cette vieille sorcière de Zahra avait dû l'influencer.

La rumeur selon laquelle Cheikh Hassan s'était comporté de manière grossière envers la jeune femme s'était vite répandue dans le village, savamment attisée par Zahra Khanoum.

Dans un premier temps, le mollah fut montré du doigt et les villageois l'évitèrent. Mais Ghorban-Ali inversa la tendance en insinuant que Soraya était une mauvaise femme et qu'elle avait attiré le pauvre Cheikh Hassan dans un guet-apens pour le compromettre. Alors tout aussi rapidement qu'elle avait été plainte et soutenue, la jeune femme fut méprisée et évitée. Le piège du mari se refermait lentement. Cependant il lui fallait fournir d'autres preuves de la mauvaise conduite de Soraya. La mort de Firouzeh, l'amie de sa femme, et le veuvage de Hashem donnèrent à Ghorban-Ali une occasion inespérée. Le mari et le mollah ne furent pas étrangers aux rumeurs qui se mirent à circuler sur l'attirance qu'éprouvait Soraya pour le veuf. Les bruits s'amplifièrent jusqu'à ce que la jeune femme soit condamnée sans appel...

Cheikh Hassan se hissa sur l'escabeau et dit :

« Nous allons prier, nous allons rendre grâce à Dieu et à notre vénéré imam.

— Il a raison... il a raison... commentèrent des voix, prions Dieu ! »

Élevant quelque peu le Coran qu'il tenait entre ses deux mains, Hassan commença :

« Au nom de Dieu clément et miséricordieux... »

Et la foule reprit, hommes et femmes ensemble :

« Au nom de Dieu clément et miséricordieux... »

Hassan poursuivit, déclamant en même temps que ses administrés :

« ... louanges à Dieu, Maître de l'univers, le Clément, le Miséricordieux, Souverain au jour de la rétribution. C'est toi que nous adorons, c'est toi dont nous implorons le secours. Dirige-nous dans le droit chemin, dans le chemin de ceux que tu as comblés de tes bienfaits, non pas de ceux qui ont encouru ta colère, ni de ceux qui s'égarent. »

A peine les voix s'étaient-elles tues que le vrombissement d'un moteur se fit entendre. Soudain apparurent dans le dernier virage en lacet de la montagne deux véhicules poussiéreux et bariolés. Ebrahim regarda Hassan qui regarda Ghorban-Ali, qui le regarda à son tour. Qui étaient ces individus ? D'où venaient-ils à une heure pareille ?

De chaque voiture descendirent quatre personnages étrangement habillés : pantalons de couleurs vives, chemises extravagantes, visages grimés, dotés de fausses ou de vraies barbes, les cheveux hirsutes, suivis par deux singes, une chèvre et un chien.

« Mesdames et messieurs, bonjour... nous vous saluons... Mes amis et moi-même sommes honorés d'arriver dans votre beau village... »

L'homme qui bonimentait semblait être le chef du groupe, clown ambulant comme il en existe des centaines à travers le pays, il poursuivit :

« En ville, on nous a appris que c'était jour de marché chez vous. Alors nous nous sommes dit que nous allions vous distraire après la journée de travail... Approchez, approchez les enfants, n'ayez pas peur... Regardez tout ce que nous avons apporté. »

Et il jeta en l'air une poignée de confettis, puis une autre, puis une troisième, qui s'envolaient comme autant de petites lumières scintillantes dans le ciel turquoise.

« Attrapez mes bonbons, attrapez-les », hurla-t-il à l'adresse des plus petits.

En quelques secondes, une vingtaine de gamins sortirent de la foule et se précipitèrent sur les petites boules entourées de papiers colorés jetées dans la poussière.

Les villageois restaient muets et figés ; Cheikh Hassan était juché sur son escabeau, le saint livre entre les mains, Ebrahim et Morteza de chaque côté, Soraya devant lui, Zahra et les pleureuses dans son dos. Personne ne bougeait.

« Finissez vos prières... excusez-nous... nous ne savions pas... ne vous occupez pas de nous... nous nous installons et quand vous aurez terminé, vous viendrez nous voir. Il y en aura pour tout le monde : des bonbons, des jouets, des animaux savants, des tours de magie, tout pour amuser les grands comme les petits... Ne faites pas attention à nous... »

Un léger trouble s'installa parmi les villageois, puis à nouveau Machdi Ebrahim prit la parole :

« Nous avons un travail à terminer. Revenez tous ici... Vous, les enfants, là-bas, revenez, vous irez voir ces messieurs tout à l'heure, quand nous aurons fini. »

La tension avait soudain baissé et le maire comme le mollah s'étaient parfaitement rendu compte que l'auditoire n'était plus concentré. Cheikh Hassan redescendit de son escabeau, ajusta son turban et annonça :

« Avec la permission de Monsieur le maire, nous pouvons commencer. »

Machdi Ebrahim fit un signe à Zahra Khanoum et la pria d'avancer. Puis se penchant vers elle, il lui dit :

« Prends la condamnée par le bras et suis-moi. Dis aux autres femmes de venir. »

Puis s'avançant lentement, avec à ses côtés le mollah et le père de la femme adultère, il se dirigea vers le trou béant qui avait été creusé à une cinquantaine de mètres, de l'autre côté de la place, tout près de l'endroit où les forains venaient de s'arrêter.

Ces derniers n'avaient encore rien remarqué de particulier. Un mollah sur un escabeau, des prières collectives, le trou à peu de distance de leurs véhicules ne les avaient pas intrigués outre mesure. Ils en voyaient des choses en sillonnant le pays de long en large, et des plus étranges. Mais ils ne s'attendaient certes pas à ce qui se préparait, d'autant plus que les villageois, pierres, pioches et gourdins à la main, s'avançaient vers eux, tout en psalmodiant des versets du Coran.

Celui qui semblait être le chef se redressa et interpella ses compagnons :

« Eh ! regardez... regardez... ils viennent vers nous ! »

L'homme s'épongea le front et balbutia :

« Messieurs... messieurs... mais que se passe-t-il donc ? Que nous voulez-vous... vous voulez qu'on parte ? C'est ce que vous voulez ? »

Ebrahim, Hassan et Morteza avançaient sans répondre, deux cent cinquante personnes derrière eux, le visage menaçant. Le kadkhoda s'arrêta à quelques pas des saltimbanques :

« Reculez... vite... enlevez vos voitures et vos affaires... nous avons à faire ici... plus vite !

— Tout de suite, monsieur, tout de suite... mais qu'est-ce qui se passe ?...

— Vous le verrez bien... allez... Ya Allah ! ramassez tout, installez-vous là sous ces arbres. . et ne bougez surtout pas. »

Les visiteurs ne se firent pas prier. Les deux voitures reculèrent d'une trentaine de mètres, les animaux et le matériel également.

Alors Ebrahim se retourna :

« Zahra Khanoum, avancez ici avec la coupable. »

La foule s'écarta lentement et les femmes apparurent. C'est à ce moment seulement que les saltimbanques découvrirent ce qui se passait : une demi-douzaine de femmes recouvertes du tchador noir, dont l'une avait le visage entièrement caché, et des dizaines d'hommes armés de pierres et de briques. Effrayés, ils firent quelques pas en arrière. Ils furent tentés de s'enfuir, mais paralysés de stupeur, ils restèrent, ne se mêlant pas à la foule des gens du village. Zahra et Soraya se trouvaient à dix mètres du trou. Machdi Ebrahim les arrêta d'un geste.

« C'est bien... Maintenant, retournez-vous, faites-nous face afin que tout le monde vous voie. »

Les deux femmes firent demi-tour. Au premier rang des manifestants se tenaient le mollah, le père, le mari, ses deux fils aînés, les adjoints et le vieil aveugle qui suivait toujours les autres et à qui on avait remis un pavé.

Un silence impressionnant régnait sur la place.

« Zahra Khanoum, découvrez le visage de la condamnée. »

La vieille dame s'exécuta avec une extrême lenteur. Elle lâcha le bras de la malheureuse, se mit face à elle, et écarta le tissu noir qui avait protégé Soraya du regard des autres.

Soraya avait les yeux fermés. Le tchador qui la coiffait rendait plus infinie la pâleur de son visage, ses lèvres pincées et sa bouche tremblait imperceptiblement.

La foule reprit ses insultes :

« Putain... prostituée... dévergondée... fille de chienne... à mort la chienne... à mort la garce... ! »

Des bras se levèrent, prêts a jeter les pierres et les briques. Machdi Ebrahim s'interposa entre les deux femmes et les villageois.

« Mes amis, le moment est venu... la sentence doit être exécutée, Dieu nous l'a ordonné.

— On a assez attendu ! hurla une voix anonyme.

— Il a raison, on a assez attendu, finissons-en, on a encore du travail ! reprit une autre.

— A mort, la chienne, à mort tout de suite ! »

Le maire leva à nouveau la main.

« Tout sera fait comme Dieu l'a décidé. Rien ne sera changé. Un peu de patience. »

On lui apporta à nouveau l'escabeau et il s'y jucha avec peine.

« C'est notre respectable ami Morteza Ramazani qui jettera la première pierre. S'il rate la cible, une deuxième pierre lui sera donnée, jusqu'à ce qu'il touche la coupable ; puis ce sera le tour de Ghorban-Ali, son mari.

— C'est juste... Vive Morteza, cria quelqu'un.

— Puis ce sera à Hassan Lajevardi, en tant que représentant de Dieu et de notre imam dans cette cité...

— Louanges à Dieu... Longue vie à notre imam... vive Monsieur Lajevardi ! reprirent d'autres voix, de plus en plus excitées.

— Ensuite, ce sera le tour des fils aînés de la condamnée, qui par leur geste retrouveront leur honneur, nos chers Hossein-Ali et Hassan-Ali, qui souffrent depuis ce matin. »

Regardant à nouveau les villageois qui s'étaient tus, il ajouta :

« Enfin, ce sera le tour de notre petite communauté. Tous, vous aurez le droit de jeter une pierre sur cette femme indigne qui nous a tous salis. »

Les cris de joie redoublèrent, les bras se

firent à nouveau menaçants, la foule approcha de quelques pas.

Machdi Ebrahim descendit du tabouret et s'adressa une nouvelle fois à Zahra :

« Zahra Khanoum, veuillez ôter le tchador de la condamnée. »

La vieille femme savait désormais que le sort en était jeté. Plus rien n'arrêterait la marche des événements. Avec lenteur, elle ouvrit le long voile noir de Soraya, qui apparut aux yeux de tous dans sa robe blanche. Alors le vieux Morteza remarqua que sa fille portait autour du cou le collier qu'il lui avait offert au lendemain de la mort de sa femme Shokat. Il se redressa avec difficulté et vociféra :

« Ôte ça, fille dégénérée, ôte ce collier... c'est le collier de ta sainte mère... Ô mon Dieu pourquoi dois-je autant souffrir », et il s'effondra.

Zahra Khanoum enleva le collier d'or fin du cou de la jeune femme et le remit au kadkhoda, qui à son tour le donna au vieil homme que l'on relevait avec peine. Reprenant ses esprits, Morteza fit disparaître le bijou dans sa poche.

« Prostituée... honte de la famille... misérable créature... retombe en poussière ! »

Soraya était tête nue. Les yeux toujours clos.

Zahra la prit délicatement par le bras et l'amena à petits pas vers le trou béant.

« Prie mon enfant, prie très fort, car Dieu t'attend et son paradis t'est ouvert. Prie pour nous aussi, car nous ne savons pas ce que nous faisons. »

Elle avait envie de l'étreindre, mais elle n'en eut pas la force. Elle serra un peu plus fort son bras au moment de la quitter. Les regards des deux femmes se croisèrent un très court instant. Elles s'étaient dit adieu.

« Revenez, Zahra Khanoum, venez vous mettre à nos côtés », dit le maire.

Soraya tournait le dos à la foule silencieuse. Elle était à moins d'un mètre de la fosse, raide et immobile. Son ample chevelure retombait sur ses épaules jusqu'à mi-taille.

Sur un ordre de Machdi Ebrahim, elle se retourna, face aux villageois, mais cette fois, elle avait les yeux ouverts. Elle dévisageait le premier rang des villageois qui la regardaient : il y avait Shokrollah Jalili et Mohamad Ghorbani, les deux adjoints. Cheikh Hassan, plus arrogant que jamais dans sa tenue de mollah, son mari et ses deux fils, chacun avec deux pierres dans les mains. Elle croisa alors le regard de son père et crut y déceler un court instant une gêne, un trouble, car Morteza baissa les yeux quand sa fille le regarda. A ses côtés, Machdi Ebrahim, grand et sec, s'appuyait sur sa canne, puis encore Mehdi le boucher, Rassoul le charpentier ; et Massoud le barbier, puis d'autres hommes, et enfin Zahra, toute menue au milieu des pleureuses.

7

Les saltimbanques s'étaient approchés sans bruit. Ils avaient enfermé leurs animaux dans les deux guimbardes et observaient la scène de loin. Maquillés et revêtus de hardes grotesques, prêts à entrer en scène, ils s'étaient avancés de quelques pas pour ne rien perdre du « spectacle ».

Depuis le temps qu'ils voyageaient de village en village, ils avaient recueilli mille histoires, mille souvenirs qui nourrissaient les spectacles qu'ils présentaient. C'était comme une chronique des endroits qu'ils avaient traversés et qui se modifiait au gré des événements et des années, fable orale, caricature grotesque d'une vie quotidienne et rurale. Mais jamais encore ils n'avaient assisté à une mise à mort, encore moins par lapidation. Certes, depuis quelques années, les exécutions se multipliaient aux quatre coins du pays. Ils avaient entendu beaucoup d'histoires de pendaison et autres fusillades. Mais cette fois-ci ils allaient être les témoins ahuris d'un événement qu'ils n'auraient de cesse de raconter et sur lequel ils broderaient à satiété, à la mesure de la terreur qu'ils auraient éprouvée.

Sur un geste de Machdi Ebrahim, Shokrollah et Mohamad sortirent du premier rang et encadrèrent Soraya.

La condamnée faisait face à la foule muette. Elle avait redressé la tête et ne quittait pas des yeux la vieille Zahra qui la regardait intensément.

Sur un autre geste du maire, les deux hommes soulevèrent la jeune femme en l'empoignant sous les bras et la firent descendre dans le trou.

Un murmure parcourut l'assistance. Cette fois, le spectacle allait commencer. Ils étaient venus pour cela et se tenaient excités devant cette femme sans défense. Une pierre à la main, ils attendaient l'ordre de Machdi Ebrahim.

Les fossoyeurs revinrent avec leurs pelles et leurs bêches et remplirent la fosse. A chacune des pelletées, les hommes se mirent à nouveau à psalmodier des « Ya Allah » pour se donner du courage.

Zahra Khanoum remarqua que les hommes faisaient leur travail avec une sorte de respect et de conscience professionnelle. Aucun geste brusque, aucune violence, aucune précipitation. Méticuleux, ils prenaient garde à ne pas salir la robe blanche de Soraya, et surtout à ne pas la blesser. Ils fignolaient leur travail. Le kadkhoda leva à nouveau la main et les hommes posèrent leurs outils.

Soraya avait été ensevelie jusqu'aux épaules, les bras à l'intérieur du trou, ses longs cheveux noirs déployés autour d'elle. Elle semblait totalement absente : elle regardait sans voir, écoutait sans entendre les voix qui murmuraient près d'elle.

Machdi Ebrahim avait repris la parole :

« Soraya Manoutchehri, au moment où le jugement de Dieu va être appliqué et où tu vas payer pour tes fautes, as-tu quelque chose à dire, as-tu quelque chose à nous apprendre ? »

La condamnée ne répondit pas, elle ne regardait même pas le maire, elle ne regardait rien, hébétée, murée en elle-même.

« Si tu as quelque chose à dire, c'est le moment de parler... après, il sera trop tard. »

Le silence se fit plus pesant. La foule interdite guettait le moindre cillement, la moindre parole de la femme condamnée. Mais Zahra savait que son amie ne dirait plus rien.

Les pleureuses reprirent leurs lamentations.

« Pour la dernière fois, je te demande de parler : si tu as quelque chose à dire, c'est le moment de parler ; après, il sera trop tard. »

Il attendit quelques instants puis se tourna vers Morteza Ramazani et lui demanda avec infiniment de respect, en se courbant un peu vers lui :

« Monsieur Ramazani, en tant que père de la femme adultère, avez-vous quelque chose à dire ? »

Le vieil homme voûté tenta de se dresser et lança avec rage :

« Que la volonté de Dieu soit faite... ce n'est plus ma fille... je ne suis pas son père... c'est une étrangère pour moi... finissons-en vite !

— Vive Monsieur Ramazani ! crièrent quelques voix, il a raison, finissons-en vite... ! »

Puis se tournant vers Cheikh Hassan qui s'était tu depuis un bon moment, le maire lui posa à nouveau la question :

« Monsieur Lajevardi, en tant que représentant de notre vénéré imam dans le village, avez-vous quelque chose à ajouter ? »

Cheikh Hassan fit quelques effets de manches, leva bien haut son Coran auquel était emmêlé son tasbi et dit :

« Que la volonté du Tout-Puissant soit faite et que la loi islamique soit appliquée. »

Il baissa les bras dans un geste théâtral.

Pétrifiés, les saltimbanques ne pouvaient détacher leurs yeux de la cérémonie qui se déroulait devant eux. A l'écart de la foule des villageois, on les avait oubliés et personne ne songeait à les regarder.

C'est alors que tout commença.

Écartant les bras d'un mouvement large, Machdi Ebrahim fit reculer l'assistance de quelques pas et sortit de sa poche une cordelette. Il compta quinze coudées puis, avec des gestes précis, il coupa la cordelette avec un couteau et la tendit à Shokrollah.

« Ça fait environ sept à huit mètres. Va me dessiner à l'aide d'un peu de chaux un cercle à partir du trou. »

Prenant pour centre la tête de Soraya, Shokrollah décrivit le cercle sur le sol.

Le décor était planté. La cible était visible de tous, immobile boule blanche et noire que les participants à ce jeu macabre allaient devoir toucher.

L'assistance se déploya autour de la circonférence dans le silence le plus total. On aurait dit que le village participait à un rituel ancestral dont chacun connaissait les règles depuis des générations et qui se transmettait de père en fils, avec Machdi Ebrahim pour arbitre. Les saltimbanques retenaient leur souffle, n'osant plus avancer de peur de recevoir des pierres. Ils faisaient face aux hommes armés. La tête de la victime était à une quinzaine de mètres d'eux et ils n'en voyaient que la chevelure noire répandue sur le sol. Le maire prit une pierre et la tendit à Morteza :

« C'est à vous, Monsieur Ramazani, que revient l'honneur de jeter la première… Je vous en prie. »

Le vieillard posa sa canne par terre et s'empara du gros caillou. Il rendit grâce à Dieu, arma son bras et tout en lançant la pierre de toutes ses forces en direction de sa fille, il cria :

« Ya Allah !… Voilà pour toi, putain ! »

Il rata sa cible. Ebrahim lui tendit une deuxième pierre et une nouvelle fois, le vieux la lança en éructant sa haine. Quatre fois, il tenta en vain d'atteindre sa fille.

Fou de colère, il dit alors :

« Donnez-moi encore une pierre, je vais aller lui briser le crâne... Je vais aller lui casser la tête ! »

Ebrahim lui fit comprendre qu'il ne devait en aucune façon dépasser la ligne de chaux, que c'était à l'encontre de la loi de Dieu.

Vint le tour de Ghorban-Ali. Il avait retroussé ses manches et avait disposé quatre pierres à ses pieds.

Il attendait le signal du maire.

« A ton tour, mon garçon, lui dit le maire affectueusement, et que Dieu guide ton bras. »

Le mari soi-disant bafoué banda son bras qui se détendit. La pierre fusa et passa à une vingtaine de centimètres du visage de la femme. Cette dernière n'eut pas le moindre mouvement de frayeur, pas le plus petit battement de cils.

« Vas-y Ghorban-Ali... Allez... vas-y... C'est bien... tu vas l'avoir cette chienne... » hurlèrent les hommes des premiers rangs.

L'époux de Soraya prit une deuxième pierre, la soupesa, et regarda son public. On aurait dit un athlète sur le stade en quête d'une performance. Son bras se tendit à nouveau et la pierre frôla la tête de la femme.

La foule poussa un « oh » de déception et, avant qu'elle n'eût repris son souffle, une troisième pierre fut jetée, atteignant cette fois l'épaule droite de la suppliciée.

Un son à peine audible sortit de sa bouche. Son frêle buste vacilla une seconde.

Les hurlements redoublèrent et les hommes applaudirent. Ghorban-Ali esquissa un sourire, prit une nouvelle pierre, visa avec davantage d'attention et la lança. Cette fois, elle atteignit sa femme au front, à la limite de la chevelure. La peau se déchira, le sang gicla et la tête de Soraya partit violemment en arrière.

Un frisson de joie parcourut la foule. Sans s'en rendre compte, les villageois s'étaient rapprochés de quelques pas, franchissant la ligne de chaux qui limitait l'aire de tir.

« Ça y est... Vive Ghorban-Ali... Il l'a eue, encore une fois, touche-la cette traînée... »

Les deux fils de la victime à leur tour saisirent des pierres et les jetèrent en même temps. Une seule atteignit la femme à demi enterrée. Elle eut comme un hoquet, puis sa tête bascula en arrière.

Les saltimbanques restaient à bonne distance, car plusieurs projectiles avaient atteint leurs pieds. Ils étaient hypnotisés, incapables de faire le moindre geste, de prononcer la moindre parole.

Les pierres volaient et jonchaient le sol autour d'eux. Et là, à quelques mètres devant, une tête dont ils ne virent jamais le visage, dodelinait au rythme des impacts. Ils avaient remarqué que les villageois avançaient insensiblement vers leur cible, et que les tirs se faisaient plus précis.

Vint le tour de Cheikh Hassan. Il plaça son Coran dans la main gauche et de la droite s'empara d'une grosse pierre. Mais avant de la lancer, il se tourna vers la foule et dit avec grandiloquence :

« Ce n'est pas moi qui jette la pierre... c'est Dieu qui guide mon bras... c'est lui qui me commande et c'est notre imam que je venge du crime honteux qu'a commis cette femme. »

La foule applaudit à tout rompre.

« Je tirerai autant de fois que ce sera nécessaire pour tuer cette chienne. Puis vous pourrez jeter vos pierres après moi. »

Dès que le sang avait commencé à jaillir, Zahra Khanoum s'était éloignée. Elle savait que Soraya allait agoniser de longues minutes et l'insoutenable violence de cette scène qui galvanisait ces spectateurs et les transformait en monstres, l'accablait. Elle les connaissait tous, avait vu naître la plupart d'entre eux et soudain ils n'étaient plus que haine et opprobre.

Terrassée par la peine, elle s'était assise sur un banc de bois, devant la boulangerie, regardant fixement le sol.

Chaque fois que criait la foule, elle comprenait qu'une nouvelle pierre avait atteint sa nièce.

Jamais elle n'avait ressenti une telle honte. Tout en sachant qu'elle n'aurait pu s'opposer à cette violence, elle se reprochait de n'avoir rien tenté.

Machdi Ebrahim l'estimait et l'avait souvent écoutée. Mais le maire en vieillissant était devenu influençable et il avait été envoûté par ce mollah. Le mutisme de Soraya, sa propre panique, les mensonges ourdis par l'époux et Hashem avaient fait le reste.

« Si seulement j'avais eu le courage de dire quelque chose pour défendre cette enfant que je savais innocente », ressassait-elle...

Zahra, si forte d'habitude, était soudain devenue craintive et lâche et, à l'image des autres femmes de Koupayeh, totalement soumise à la loi des hommes.

Machdi Ebrahim l'aurait-il écoutée si elle lui

avait dit tout ce qu'elle savait, tout ce qu'elle avait su, vu et entendu ? Aurait-elle pu le ramener à la raison, lui qui si souvent avait eu besoin d'elle par le passé ?

Mais n'avait-il pas pris part à ce complot ignoble ? Lui d'ordinaire si calme et si juste, était devenu en peu de temps violent, arrogant et autoritaire, comme s'il avait quelque chose d'inavouable à gagner dans cette sale affaire.

Au centre du cercle, Soraya expirait lentement. Sa tête et son buste n'étaient plus qu'un amas de chairs vives. La foule vociférante s'acharnait sur la victime. Le cercle s'était refermé autour d'elle. Le cuir chevelu n'était plus qu'une plaie effrayante, la mâchoire avait explosé, les yeux et le nez avaient éclaté. La tête penchait grotesquement, comme un masque de carnaval, sur ce qu'il lui restait d'épaule droite.

Au premier rang, Hassan, l'habit éclaboussé par le sang, leva le bras et imposa le silence.

« Mes chers amis... écoutez-moi un instant... je crois que Dieu a fait son travail. Je crois que sa volonté a été exécutée... quelqu'un veut-il constater le décès de cette chienne ? »

Dix bras se levèrent. Hassan choisit Saïd le puisatier ; l'homme s'allongea près de la victime et approcha son oreille de la bouche ouverte de Soraya.

« Elle vit toujours... la chienne n'est pas encore crevée », dit-il à Cheikh Hassan en se relevant.

Un homme avança lentement, une pierre tendue vers le ciel. De toutes ses forces, il cogna sur le haut du crâne à plusieurs reprises. Un autre suivit, ramassa une brique à côté de la victime et lui assena rageusement une demi-douzaine de coups. Le crâne éclata et la cervelle se répandit sur le sol.

Alors, un immense cri de joie s'éleva :

« Allah o akbar ! Allah o akbar ! Dieu est grand... ! Louanges à Dieu ! »

Hassan Lajevardi leva son Coran d'un air victorieux et ordonna aux villageois de se mettre en cercle autour de lui.

« Rendons grâce au Tout-Puissant. »

Soudain, le silence fut total. Et après un court instant de recueillement, la foule entonna avec le mollah : « Au nom de Dieu, clément et miséricordieux... »

C'est alors que les forains purent voir ce que les hommes, qui s'étaient regroupés autour de Soraya, leur avaient caché : une masse sanguinolente, autour de laquelle des insectes tournoyaient.

Épouvantés, ils reculèrent de quelques pas, mais ne purent détacher leurs regards de cette vision d'horreur. Un chien errant tournait autour de ce corps brisé, sans oser s'approcher.

Assise sur son banc, prostrée, Zahra Khanoum n'entendait plus rien. Elle savait que c'était fini et que la « loi », telle que les hommes la voulaient, avait été respectée.

Elle ne leva pas la tête quand elle vit devant elle les espadrilles usées de Machdi Ebrahim. Le vieil homme se racla la gorge et dit :

« Zahra, tout est terminé... justice a été rendue... tout est bien maintenant... »

Le maire reprit :

« Tu n'as rien à me dire ? »

Alors seulement elle se redressa, fixa celui qui avait été son ami depuis plus d'un demi-siècle et dit :

« Mon pauvre Ebrahim... j'ai honte pour toi... que le Tout-Puissant te pardonne... »

Stupéfait, le kadkhoda la salua avec respect et s'en alla lentement, appuyé sur sa canne. De dos, Zahra remarqua qu'il était encore plus voûté que d'habitude.

Elle n'eut pas pitié de lui.

8

Le soleil avait disparu derrière les arbres. Trois chiens errants, attirés par l'odeur du sang, tournaient autour de la dépouille. Les villageois avaient repris leurs activités. Ainsi que le voulait la loi, le corps de la martyre restait exposé pour l'exemple.

En cercles concentriques de plus en plus serrés, les bêtes attirées par le cadavre s'en rapprochaient. Soudain, l'un des chiens tenta de s'emparer de la tête de Soraya et tira violemment pour l'arracher du corps. Zahra bondit alors de son banc et courut, un bâton à la main, hurlant telle une furie :

« Allez-vous-en, sales bêtes, allez-vous-en. »

Elle saisit une pierre et la jeta devant elle sans atteindre le chien. Celui-ci eut un mouvement de recul et montra ses crocs. D'autres villageois arrivèrent à leur tour et chassèrent les trois bêtes qui se réfugièrent près des forains et s'assirent en grondant.

« Apportez-moi une couverture... vite... ou un drap... n'importe quoi », ordonna la vieille femme.

On recouvrit la dépouille de la femme lapidée et tout le monde retourna à son travail. Il était environ six heures du soir. Une sorte de torpeur était tombée sur le village. Au marché, les acheteurs étaient rares et les affaires se faisaient à voix basse. De temps à autre s'élevaient le cri d'un gamin, la voix d'une mère qui appelait son enfant ou le croassement d'un corbeau. On pouvait à nouveau entendre le murmure du cours d'eau et le bruit d'une légère brise dans les arbres. Les saltimbanques, encore sous le choc, avaient commencé à déballer leur matériel, mais il semblait que tous leurs gestes se faisaient au ralenti. Ils dressèrent leur échelle, étalèrent des tapis sur le sol, installèrent leur singe sur une caisse, mirent une dernière touche à leur maquillage. Les hommes du conseil municipal s'étaient réunis dans la maison de Cheikh Hassan pour boire du thé et fumer. Un long moment, ils demeurèrent silencieux, comme s'ils venaient enfin de comprendre la portée de leur acte. Hassan, derrière ses verres fumés, les observaient un à un, impassible. Quand il eut terminé son verre, il prit la parole :

« Monsieur le maire, Monsieur Ramazani, mon cher Ghorban-Ali, et vous tous, ces quelques instants de réflexion et de recueillement nous auront été nécessaires pour tourner la page. Dieu en a voulu ainsi et n'oubliez pas que nous n'avons fait qu'appliquer sa volonté. Sachez que cette créature n'est pas la première femme lapidée dans notre pays depuis qu'y règne la loi du Tout-Puissant. Des dizaines d'autres l'ont été avant elle et d'autres suivront si Dieu est à nouveau outragé... Nous n'avons rien à craindre et, dès demain, j'aviserai les autorités de la province de ce qui s'est passé aujourd'hui chez nous. Je vous le dis : Koupayeh est devenu en quelques heures un village exemplaire dont on va parler dans tout le pays... »

La dizaine d'hommes écoutait gravement, entrecoupant le discours par de bruyantes lampées de thé et de brefs commentaires chuchotés en hochant la tête : « Il a raison... il a raison. »

« ... Mes amis, le mal était parmi nous et nous ne le savions pas... Heureusement, le

Tout-Puissant, dans sa miséricorde infinie, m'a conduit vers ces montagnes. Dieu a voulu que je sauve votre village du mal et du péché. Rendons grâce à Dieu et à son Prophète... »

Et tous ensemble prièrent à haute voix :

« Au nom de Dieu le Clément, le Miséricordieux... »

Soudain, le vieux Morteza Ramazani, le père de la femme suppliciée, fut secoué de sanglots. Il se frappait violemment la tête avec ses deux poings, gémissant entre deux hoquets :

« J'ai honte... ô mon Dieu, combien j'ai honte... mais comment est-ce possible... Ô Dieu tout-puissant, ayez pitié de moi... mes frères, pardonnez-moi... »

Les autres hommes, mal à l'aise, ne savaient quelle contenance adopter. Le mollah reprit rapidement la situation en main :

« Monsieur Ramazani, vous n'avez pas à avoir honte... Nous tous vous aimons et nous vous respectons. Vous êtes le plus âgé parmi nous et vous trouverez toujours ici l'aide et l'affection dont vous aurez besoin. Vous êtes chez vous dans ce village et jamais aucun d'entre nous ne vous fermera sa porte. Nous n'oublierons jamais que c'est vous qui avez jeté la première pierre sur la femme adultère, nous montrant l'exemple et nous vous avons suivi, comme des fils. Soyez-en remercié. »

Et tout le monde approuva en applaudissant.

Le vieillard balbutia deux ou trois mots pour remercier Cheikh Hassan, puis resta prostré, le visage caché dans ses mains. Alors Machdi Ebrahim prit la parole.

« Qui aurait pensé un seul instant, quand nous nous sommes levés ce matin, que de telles choses auraient lieu chez nous aujourd'hui ? Dieu l'a voulu ainsi et, comme vient de le dire Monsieur Lajevardi, nous n'avons fait qu'appliquer sa volonté. Mais il nous faudra sans aucun doute beaucoup de temps pour oublier..

— C'est faux, interrompit Ghorban-Ali, assis à l'écart des autres hommes... c'est faux. Moi j'ai déjà tout oublié... je ne veux plus y penser, je ne veux plus en parler... pour moi, tout est fini. »

Et il se leva, bouscula une chaise, grommelant deux ou trois choses au passage, puis sortit en claquant la porte. Un nouveau silence pesant s'installa. Machdi Ebrahim reprit la parole :

« ... je répète ce que je viens de dire : il nous faudra du temps pour oublier cette journée, surtout à nous, les anciens. Quand Dieu frappe, c'est une leçon pour nous tous, vieux et jeunes. Nous souffrons avec Morteza... »

Cheikh Hassan approuva de la tête.

« Il s'agit maintenant d'enterrer Soraya et je pense que Monsieur Lajevardi voudrait intervenir à ce sujet. »

Tous les regards se tournèrent alors vers le faux mollah qui ne s'attendait pas à cette question :

« Oui... en effet... Il faudra se débarrasser avant la fin du jour du corps de la femme... mais je pense, vous serez d'accord avec moi, qu'elle ne doit pas reposer dans notre cimetière. Ce n'est pas sa place. »

Cette fois, ce fut Ebrahim qui fut pris au dépourvu. Le reste de l'assemblée soutint Cheikh Hassan

« Nous ne voulons pas d'elle au cimetière.. , dit Shokrollah, sa place n'est pas avec nos morts.

— Il a raison, dit Mohamad Ghorbani, pas avec nous.

— On ne veut pas d'elle », dit un troisième homme.

Alors, Ebrahim questionna Morteza :

« Et toi, mon ami, que décides-tu ? »

Le vieil homme ne semblait pas entendre.

« Morteza, quel est ton souhait ? Où veux-tu que Soraya soit enterrée ? »

Le père de la femme lapidée demeurait prostré et muet.

« Si personne ne veut qu'elle soit ensevelie au cimetière, dit Cheikh Hassan, c'est à vous de choisir un lieu hors du village. Vous connaissez cette région mieux que moi, je vous laisse décider entre vous. »

Personne ne tomba d'accord. Les palabres n'en finissaient pas et on en vint presque aux mains. Alors le mollah suggéra :

« Si je comprends bien, vous ne voulez ni l'enterrer au cimetière ni hors du village, car ce sont vos terres que vous ne voulez pas souiller... Ai-je bien compris ? »

Les hommes approuvèrent d'un vague mouvement de tête.

« Je crois que j'ai une solution, mais je voudrais votre consentement à tous. Vous êtes bien d'accord que Soraya Manoutchehri nous a tous salis et humiliés ?

— Oui, répondirent tous les hommes ensemble, oui, elle nous a tous salis et humiliés !

— Vous êtes bien d'accord qu'elle n'a pas été une bonne musulmane et a menti à Dieu ? »

Une fois encore, la réponse fut affirmative.

« Vous êtes egalement d'accord qu'elle a manqué aux paroles de notre Prophète. »

Nouvelle approbation de l'assemblée.

« ... et qu'elle a trahi les instructions de notre bien-aimé imam ?

— Oui, elle a trahı !

— Alors, je vous le dis, ma proposition est la suivante : elle ne sera pas enterrée... »

Les hommes se regardèrent stupéfaits, et gardèrent le silence.

« Vous m'avez bien entendu, elle ne sera pas enterrée ! »

Machdi Ebrahim l'interrompit un bref moment :

« Nous vous écoutons, Cheikh Hassan, je suis certain que votre décision est celle de la sagesse.

— Soraya Manoutchehri a eu une existence fourbe et déshonorante. Elle a trahi la confiance de Dieu, de son Prophète et de notre imam. Elle a menti à sa famille, à son mari et à ses enfants. Elle a trompé tout le village et a tenté de détourner notre ami Hashem, qui pleure toujours sa femme trop tôt disparue, du droit chemin. Elle a vécu comme une chienne. Elle est morte comme une chienne. Son corps sera donc donné en pâture aux bêtes sauvages qui se chargeront de la faire disparaître. »

Ebrahim n'en croyait pas ses oreilles Il aurait voulu dire quelque chose, mais les hommes approuvèrent les paroles de Hassan avec véhémence.

« C'est la bonne solution... que la chienne retourne avec les animaux... pas d'enterrement... on enterre seulement les bons musulmans... »

Hassan Lajevardi leva ses deux mains :

« Mes chers amis, je propose que nous, les hommes, qui vivons dignement ici, ne nous occupions pas de cette besogne. Laissons les femmes s'occuper de cela. Si Saïd ou Rassoul veulent aider avec leurs pioches et leurs pelles à déterrer le corps, je suis d'accord, mais après, ce sont les femmes qui nous débarrasseront de cette charogne...

— Nous sommes d'accord... Allons-y ! »

Les hommes se levèrent et sortirent. Hassan et Ebrahim fermaient la marche. Le mollah se pencha vers le maire et lui dit :

« Je pense que vous devriez aller en parler tout de suite à Zahra Khanoum. Vous êtes le seul à pouvoir lui faire comprendre notre décision. Et rien ne se fait parmi les femmes sans son consentement…

— Ce ne sera pas facile, bougonna Machdi Ebrahim. Vous la connaissez…

— Moins bien que vous… vous trouverez les mots qu'il faut… mais faites vite… »

Le son d'une trompette et celui d'un tambourin résonnèrent. Tous les regards se dirigèrent vers les forains. La chèvre était montée sur l'escabeau et le singe faisait des cabrioles.

« Arrêtez… arrêtez… hurla Hassan en marchant à grands pas vers les saltimbanques, ce n'est pas le moment… attendez que la place soit entièrement nettoyée, ensuite vous pourrez commencer. »

Tout redevint calme et le singe arrêta ses galipettes.

Le kadkhoda s'était rendu à la maison de Zahra et frappa à sa porte. Il redoutait cette entrevue et avait préparé les paroles qu'il avait à lui dire. Il n'avait pas fléchi de la journée, ce n'était pas maintenant, les choses désormais terminées, qu'il allait renoncer. Il frappa une seconde fois. Il obtint enfin une réponse et entra.

« Que le Dieu tout-puissant soit avec vous, Zahra Khanoum, et avec les vôtres. »

Elle lui rendit brièvement son salut d'un signe de tête et le pria de s'asseoir. La vieille femme, installée sur ses coussins à même le sol, là où Soraya se trouvait quelques heures auparavant, tirait lentement sur une cigarette qu'elle s'était roulée. Une tasse de thé fumait devant elle, mais contrairement à la coutume, elle n'en proposa pas au visiteur.

« Je sais pourquoi tu es venu, et je te dis tout de suite non ! »

Interloqué, le maire demanda :

« Tu me dis non à quoi ? Je n'ai pas encore parlé.

— Tu sais très bien de quoi il s'agit : de l'enterrement de cette pauvre Soraya. Ne compte pas sur moi. C'est vous qui avez commis cette monstruosité, c'est à vous de vous en charger. Pas à nous les femmes... »

« Ça commence mal », se dit Ebrahim. Il sortit sa pipe de sa poche et la bourra méticuleusement.

« Ce n'est pas ça que je suis venu te dire, Zahra, du moins pas tout à fait. »

Il lui fallait au plus vite reprendre la situation en main, sinon la vieille femme le chasserait de sa maison sans qu'il ait pu exposer le projet de Cheikh Hassan.

« Zahra Khanoum, je viens te rapporter les décisions du conseil de la ville...

— ... tu veux plutôt me parler des décisions prises par cet oiseau de malheur qui a revêtu la tenue d'un mollah ! Laisse-moi te dire quelque chose, car nous nous connaissons bien, toi et moi. Je sais qu'au plus profond de toi, tu n'es pas d'accord avec ce que tu vas me dire et tu sais également que je ne le suis pas... Est-ce que je me trompe, dis ? »

Le maire savait que la partie ne serait pas facile, mais il laissa dire.

« Mon avis n'est pas essentiel. Nous avons voté et la décision a été prise. Je dois l'appliquer.

— Alors pourquoi viens-tu me parler ? Est-ce que les femmes ont leur mot à dire dans cette communauté depuis quelques années ?

— Je viens te dire que la mise en terre de Soraya a posé un problème, personne ne la veut dans le cimetière communal...

— M'avez-vous posé la question ? Et si je te disais que je voudrais qu'elle repose à côté des miens et de sa mère ?

— Ce n'est pas ça que je veux te dire. Cheikh Hassan a estimé qu'elle ne méritait pas d'être enterrée.

— Répète-moi ça, Machdi Ebrahim ! Ose me répéter ce que tu viens de me dire ! Elle ne méritait pas ça ?

— Selon la loi de Dieu, aucune femme lapidée n'a droit à une sépulture, c'est Hassan qui le dit.

— Et comment le sait-il… il a peut-être déjà lapidé d'autres femmes avant ?

— Il dit que ceux qui se sont éloignés de Dieu ne peuvent pas rejoindre ceux qui ont vécu dignement. »

La discussion fut âpre et longue entre les deux vieillards. Chacun restait sur ses positions, mais quand le maire sortit enfin de la maison de Zahra, il avait obtenu satisfaction. Les femmes emmèneraient le corps de la suppliciée à la tombée du jour, hors des limites du village.

Saïd et Rassoul furent chargés de la macabre besogne. Malgré la bâche qui avait été jetée sur la femme lapidée, mouches et vers grouillaient déjà. Les deux hommes piochèrent. L'odeur était insupportable. Les chiens qui s'étaient approchés aboyaient de plus en plus fort.

Quand le buste de Soraya fut à nouveau dégagé, sa tête bascula sur le côté comme une grosse pastèque éclatée et avec un bruit de branche cassée, elle se sépara du tronc. Les deux hommes s'arrêtèrent et détournèrent les yeux.

Quand la fosse fut assez grande, les deux hommes y descendirent et empoignèrent le corps décapité de la femme toujours revêtue de la robe blanche de Zahra, puis ils l'extirpèrent.

Cheikh Hassan qui était au premier rang intervint alors :

« Merci messieurs, allez maintenant vous nettoyer... Dieu vous le rendra. »

Saïd et Rassoul s'éloignèrent rapidement vers la rivière.

« Recouvrez ce corps quelques instants, avant que les femmes ne viennent faire leur travail. »

Les chiens, excités, s'étaient approchés du cadavre et l'un d'eux tirait sur la couverture, découvrant une nouvelle fois le corps mutilé. L'arrivée des femmes éloigna les bêtes rendues féroces par l'odeur.

Zahra eut un haut-le-cœur en découvrant ce spectacle insoutenable. Elle appliqua un mouchoir sur son nez et donna quelques instructions. Un grand drap fut étalé sur le sol et, avec l'aide d'Akram et Sakineh, elle porta Soraya dans le linceul. Une autre couverture fut apportée dans laquelle on enveloppa le corps. Il fut ensuite installé dans une charrette que les femmes tirèrent avec peine hors de la place, suivies par les chiens de plus en plus menaçants.

Machdi Ebrahim avait désigné trois hommes pour nettoyer le lieu du supplice. On reboucha le grand trou, puis le sol fut égalisé et ratissé afin d'ôter toute trace de sang. Saïd apporta ensuite une brouette de terre et en recouvrit le sol.

La fraîcheur du soir avait envahi le bourg. Les saltimbanques vinrent installer leurs tréteaux au milieu de la place.

Pendant ce temps, à un kilomètre en aval du village, Zahra Khanoum et ses compagnes s'arc-boutaient sur leur charrette brinquebalante. Chaque pierre du chemin déplaçait le corps qui menaçait à tout instant de tomber du chariot.

Au cinquième virage, elles s'arrêtèrent pour reprendre leur souffle. Zahra paraissait épuisée ; en une journée elle avait plus vieilli qu'en vingt ans ; il semblait qu'elle s'était encore plus tassée. La veille, elle avait embrassé Soraya venue chez elle lui apporter quelques fruits de son jardin. Et vingt-quatre heures plus tard, elle transportait le corps supplicié de sa nièce.

Elle vivait un cauchemar.

« Jusqu'où va-t-on, Zahra Khanoum ? »

L'une des femmes rompit le silence tout en retenant la charrette qui dérapait sur la terre sèche.

« Au prochain virage, nous porterons Soraya à côté de la rivière. C'est un endroit qu'elle aimait bien. Je pense que c'est le meilleur endroit pour elle. »

Ses compagnes acceptèrent et elles poursuivirent leur chemin funèbre. Les chiens reniflaient le sol et suivaient à distance.

Enfin la petite procession s'arrêta. On cala l'engin contre deux grosses pierres. Les femmes nouèrent leurs tchadors autour de leurs tailles et se saisirent avec d'infinies précautions du corps enveloppé dans le tissu brun et rugueux Elles le déposèrent une dizaine de mètres plus loin, en contrebas de la route, près du torrent, entre deux buissons épineux.

Zahra veilla à ce que le corps de Soraya fût soigneusement enveloppé et tous les pans de la couverture bien repliés, afin qu'aucun reptile ou insecte ne pût y pénétrer. Elle l'entoura de grosses pierres et recouvrit le tout de branchages et de feuilles mortes. Les femmes restèrent silencieuses un long instant. Puis elles remontèrent la pente et retournèrent au village en tirant sur le chariot vide et ensanglanté. Au fur et à mesure qu'elles approchaient, les sons de la trompette et du tambourin redoublèrent d'intensité. Un spectacle hallucinant s'offrit a Zahra quand elle arriva sur la place. Un feu de joie brûlait à l'endroit précis où Soraya avait été lapidée et les villageois dansaient autour de la flamme. Les forains avaient commencé leur représentation. Des femmes avaient enfilé leurs plus belles robes multicolores et virevoltaient tandis que les hommes, un mouchoir blanc à la main, tournaient sur eux-mêmes en poussant de petits cris de joie. Zahra, pétrifiée, n'en croyait pas ses yeux. Quelques heures à peine après cette mise à mort, les gens de ce village se défoulaient en chantant et en dansant, comme un *tchahar shambeh souri*, où tout le pays allume des feux de joie afin d'exorciser les anciens démons.

Elle reconnut Saïd et Rassoul qui venaient de dégager la morte, puis Mehdi le boucher qui sautillait autour de Massoud le barbier. Plus loin, elle vit les deux adjoints d'Ebrahim chanter et esquisser quelques pas de danse, puis le borgne, puis Yadollah le berger et son fils, plus hilares que jamais, et Karim, Asghar, Majid et

Mohsen, Rahmatollah et Ali-Akbar et tous les autres. Plus à l'écart, Hossein-Ali et Hassan-Ali, les fils de la victime, se partageaient une pastèque.

Enfin, devant la boulangerie, elle vit Machdi Ebrahim et Cheikh Hassan. A leurs côtés, recroquevillé sur lui-même, Morteza, le père de la victime, semblait somnoler. Les deux hommes étaient en grande discussion. A la vue des femmes qui s'approchaient, ils se turent et firent un léger salut de la tête. Zahra passa devant eux sans même se détourner.

Elle entra chez elle et claqua sa porte. Les autres femmes disparurent dans la nuit, laissant le village à sa fête obscène.

Très tôt le lendemain matin, Zahra quitta sa maison et, rasant les murs pour ne pas se faire remarquer, elle sortit du bourg telle une voleuse.

Les cendres du feu fumaient encore. Les saltimbanques dormaient au pied de leurs voitures. Elle descendit la pente qu'elle avait empruntée la veille sur un bon kilomètre jusqu'au sixième virage. Là, elle coupa à travers le bois et, s'approchant du torrent, elle ne put réprimer un cri d'horreur.

A trois pas d'elle, les quatre chiens errants dormaient, repus et satisfaits, leurs museaux et leurs pelages rouges de sang coagulé. Il ne restait rien du corps de la malheureuse. Tout avait été dévoré. Çà et là étaient éparpillés des ossements humains, un pan de la couverture brune ou du linge déchiré ; un peu plus loin gisait ce qu'il restait de la tête de Soraya...

La vieille dame s'appuya à un arbre et vomit ; elle s'accroupit. Ses forces l'abandonnèrent. Elle resta ainsi prostrée, pendant une heure. Puis lentement, reprenant ses esprits, elle se leva et, avec le peu de vigueur qui lui restait, s'empara de la plus grosse pierre qu'elle trouva et la lança avec l'énergie du désespoir sur l'un des chiens endormis. La bête hurla de douleur et s'enfuit dans les taillis, suivie des autres animaux apeurés.

Une nouvelle fois Zahra Khanoum noua son tchador autour de la taille, s'agenouilla et gratta la terre de ses mains. Le sol était meuble et humide. Quand le trou fut assez grand, elle prit les uns après les autres les ossements de Soraya, sa nièce, et alla les laver dans le torrent, puis revint les placer dans la tombe de terre qu'elle recouvrit de feuilles et de branchages. Alors seulement, elle pria et s'effondra en larmes.

GLOSSAIRE

Arbab : généralement un grand propriétaire foncier ou un riche homme d'affaires.

Ayatollah : haut dignitaire du clergé chiite.

Bakchich : pot-de-vin, dessous-de-table.

Guivehs : espadrilles en corde.

Kadkhoda : responsable de village, désigné par ses concitoyens, investi des qualités d'un maire, mais dépendant des autorités d'une bourgade ou d'une ville avoisinante plus importante.

Khanoum : dame ou madame.

Korsi : table basse chauffante autour de laquelle se rassemblent les membres d'une famille pendant les longues soirées hivernales.

Machdi : se dit d'un individu qui a fait le pèlerinage de Machad.

Mollah : religieux.

Now-rouz : Nouvel An iranien (21 mars).

Pahlavi : pièce d'or équivalente au « louis » ou au « napoléon », qui a toujours cours aujourd'hui.

Rial : monnaie locale.

Samovar : bouilloire d'eau chaude toujours allumée dans les foyers pour permettre de servir le thé à tout instant du jour.

Sang sâr : lapidation.

Savaki : ancien fonctionnaire de la police politique impériale, équivalent de tortionnaire.

Seyed : religieux au turban noir, descendant de la famille du Prophète.

Sharbat : sirop.

Sigheh : concubine officielle autorisée par l'Islam.

Sizda bédar : treizième jour après le now-rouz où, selon la tradition persane, les gens doivent quitter leur maison pour la purification des lieux. Généralement, des villes entières transhument à cet effet à la campagne.

Tasbi : moulin à prières.

Tchador : voile que les femmes portent sur leur corps.

Tchahar shambeh souri : jour de fête du calendrier populaire iranien, où l'on fait des feux de joie, on se maquille et on danse.

Achevé d'imprimer en octobre 1990
sur presse CAMERON
dans les ateliers de la S.E.P.C.
à Saint-Amand-Montrond (Cher)
et relié aux Établissements Brun
à Malesherbes

N° d'impression : 2353.
Dépôt légal : octobre 1990.
Imprimé en France